「――幼馴染みほしいなぁ……」
吹雪冬貴《ふぶきふゆき》
紅葉秋人《もみじあきと》

秋人のその言葉を聞いた夏実は、ガタッと勢いよく席を立った。
新海夏実《しんかいなつみ》
若草春奈《わかくさはるな》

# CONTENTS



"Osananajimi ga hoshii" to tsubuyaitara
yokuissyo ni asobu
onnatomodachi no yousu ga hen ni nattandaga

# 「幼馴染みがほしい」と呟いたら
# よく一緒に遊ぶ女友達の様子が
# 変になったんだが1

ネコクロ

BRAVENOVEL
ブレイブ文庫

# 第一章「女友達とアピールの時間」

「――幼馴染みほしいなぁ……」

お昼休み――仲良し四人組でお弁当を食べている中、昨日見たアニメのことを思い出した紅葉秋人《もみじあきと》は、なにげなしにそう呟いた。

すると、他の三人がピタッと箸を止め、なんともいえない表情でジッと秋人の顔を見つめてくる。

「あれ、どうしたんだ？」

それに気が付いた秋人は、不思議そうに首を傾げて三人を見返した。

しかし、思い当たることが頭を過り、ポンッと手を叩いて口を開く。

「あぁ、確かに冬貴がいるから幼馴染みはいるんだけど、俺が言いたいのは女の子の幼馴染みがほしかったってことなんだよ」

現在秋人の隣の席で食べている吹雪冬貴《ふぶきふゆき》は、秋人の幼馴染みにあたる。

だから三人に注目されている理由が、既に幼馴染みがいるのにほしいと呟いたからだ、と解釈した秋人は笑顔でそれを否定した。

しかし、そんな的外れな秋人の言葉を受けた冬貴は、気まずそうに秋人の前に座る女の子を見る。

その女の子――新海夏実《しんかいなつみ》は、自身の髪を指で弄りながらニコッと笑みを浮かべた。

すると、冬貴はその笑顔に寒気を感じながら秋人に視線を戻す。

「なぁ、秋人……実はな、夏実が――」

「冬貴」

冬貴が秋人に何かを言おうとすると、夏実が名前を呼んでそれを制止した。

笑顔からはプレッシャーを感じ、冬貴はもう何も言えなくなってしまう。

そんな二人のやりとりを不思議そうに見ながら、秋人は言葉を続けた。

「いや、というか……女の子の幼馴染みはいたんだよ。でもその子、凄く仲が良かったのに、小学校に上がる前に引っ越したんだよな……。あ～、あの子が引っ越さなければ、俺今頃彼女がいたかもしれないのに……」

秋人は引っ越していった幼馴染みに思いを馳せ、額に手を当てて悔しがり始める。

その様子を見た夏実は、ガタッと勢いよく席を立った。

「ん？　どうしたんだ、夏実？」

急に立ち上がった夏実に対し、秋人は不思議そうに首を傾げる。

しかし、夏実は既に秋人に背を向けており、首を左右に振って口を開いた。

「別に、話しておかないといけないことがあるのを思い出しただけ。冬貴、ちょっと来てよ」

「えっ、俺？」

「何、嫌なの？」

冬貴が嫌そうに聞き返すと、夏実はニコッと笑って冬貴を見つめた。

その笑顔が怖いと思ったのか、冬貴は黙って席を立つ。

それを見届けた夏実は、後を付いてこい、とでも言うかのように教室を出て行った。

「あいつらってちょいちょいあんなふうに二人で話すよな」

嫌そうにトボトボと歩く冬貴の背中を見つめながら、秋人は斜め前に座ってお弁当を食べている、若草春奈《わかくさはるな》へと声をかけた。

「あっ……そうだね」

春奈はソワソワと居心地が悪そうにしながらも、コクリと頷く。

頬はほんのりと赤く染まっており、若干汗をかいているようにも見える。

秋人と二人きりになると春奈はいつもこうなので、実は怖がられているんじゃないか、と秋人は気にしていた。

「夏実って冬貴のことが好きなのかな……？」

「えっ、どうして……？」

「だって、よく二人きりになるから、そうなのかなって」

「それは……ない、と思うけど……」

「そうのかな……？」

秋人の印象では、一年生の時から夏実と冬貴はやけに仲がいい、という感じだった。

現在男女四人で食べているのも、夏実と冬貴が一緒に食べようと言い出したのが始まりだ。

そして夏実はやけに冬貴と二人きりになりたがるので、冬貴のことが好きなんじゃないかと疑問を抱いていた。

（そういえば、夏実って幼馴染みの女の子によく似てるんだよな……。もし、夏実があの子だったら冬貴と仲がいい理由もわかるけど……名前が、違うんだよな。あの子の名前は確か、『あおば』ちゃんだ。苗字ならともかく、名前が途中で変わることなんてほとんどないから、やっぱり別人なんだよな……）

となると、夏実は一年生の時に冬貴に一目惚れしたんじゃないか、と秋人は結論づけた。

「もし……夏実ちゃんが冬貴君のことを好きだったら……秋人君は、どうするの……？」

「えっ？」

夏実たちのことを考えていると、春奈から思いも寄らぬ質問が来たので、思わず秋人は春奈のことを見つめてしまう。

すると、春奈は慌てたように目を逸らしてしまった。

その頬は、やっぱり少し赤い。

「どうするって…………応援する、かな……」

「応援、するんだ……？」

応援すると答えた秋人に対し、春奈は仕方なさそうな笑みを浮かべた。

そんな春奈の笑顔を見た秋人は、途端にバツが悪くなってしまう。

本当は、夏実が冬貴のことを好きだと考えた時、胸が苦しくなった。

正直素直に応援できる気は一切しない。

なんせ、一年生の春頃からよく一緒に遊ぶことで、既に秋人は夏実のことが気になっているのだから。

遠慮しがちで自分からは積極的に絡めない春奈とは違い、夏実は今まで秋人に対してフレンドリーに絡んできていた。

見た目も美少女と呼ばれるようなかわいさなので、普通の男なら意識してしまうものだろう。

春奈も夏実に劣らない美少女であり、付き合い自体は夏実よりも春奈のほうが長いのだけど、秋人が春奈ではなく夏実を意識しているのは、アプローチの差である。

——と、そんなふうに夏実を意識してるせいで心から応援をすることができない秋人だが、友人のことを応援できないなんてかっこ悪くて情けない奴に思えたので、春奈の前では意地を張ったのだ。

「友達だからね、やっぱり応援しないといけないと思うんだ。……変かな？」

「う、うぅん、変じゃないよ……！」

秋人が困ったように笑って首を傾げながら尋ねると、春奈はブンブンと一生懸命首を左右に振った。

その際に女性らしいある一部分——胸が大きく揺れるのだけど、秋人は視線が釣られそうになるのをグッと我慢して春奈の顔を見つめる。

「まぁ俺としては、この春夏秋冬のみんなが幸せになってくれたらそれでいいかな。だから、夏実と冬貴がくっつくならそれでいいんだ。もちろん、春奈ちゃんにも幸せになってほしいと思ってるよ？」

　秋人は頑張って、そう言い繕う。

　ここでいう春夏秋冬は、季節のことではなく、秋人たち四人の名前に季節が入っていたことから名づけられたグループ名だ。

　それぞれ付き合いの長さは違い、春夏秋冬グループ自体もこの学校に入ってからできたものになる。

　しかし、それでも秋人はこのグループのことをとても大切に思っていた。

　だから、みんなが幸せになってくれるのが一番だといつも考えている。

　ただ、やはり人間なので、素直に喜べない場合もあるのだけど。

「そ、そっか、ありがと……」

　秋人が笑顔で言うと、春奈は恥ずかしそうに頬を赤く染めて俯いてしまった。

　そんな春奈の顔を見た秋人は無性に恥ずかしくなり、冬貴たちが消えたドアのほうへと視線を逃がしてしまう。

「ほんと、なんの話をしているんだか……」

　秋人は答えが返ってこないとわかりつつも、そう呟いてしまうのだった。

◆

「――告白、された……」

「は？」

「秋人に、告白をされた……！」

人気《ひとけ》のない廊下に連れ出された冬貴は、何言ってんだこいつ――と言いたげな目で、頰を両手で押さえる夏実を見つめる。

夏実は頰を赤くしながらクネクネと体を動かし、幸せそうに笑みを浮かべていた。

完全に、自分の世界に入ってしまっている。

「いや、どこに告白の要素があったんだよ……」

冬貴は頭が痛そうに額を手で押さえながら、夏実へと問いかける。

すると、夏実は勢いよくグイッと顔を近付けてきた。

「何言ってるの！　言ってたじゃん、幼馴染みの女の子が引っ越ししなければ、今頃彼女がいたかもしれないって！」

「だから？」

「あぁ言うってことは、秋人は幼馴染みの女の子に好意を抱いていたってことだよ！　じゃないと、彼女としての相手に考えないもん！」

「…………」

「でね、冬貴は知っての通りその幼馴染みの女の子とは、この私のこと！　つまり、秋人は今、私に告白をしたんだよ……！」

自身の胸に手を添え、自信ありげに胸を張りながら告白と言い切る夏実。

しかし、冬貴は再度頭が痛くなっていた。

「話を飛躍させすぎだと思うんだが……。まぁ、そこまで言うんなら、いい加減打ち明けたらどうなんだ？　一年経っても秋人は気付かなかったんだし」

秋人の様子からわかるように、秋人は夏実が幼馴染みだということに気が付いていない。

その原因の一端は、夏実が打ち明けようとしないことである。

だから、冬貴はさっさと夏実に、幼馴染みだということを秋人へ打ち明けてほしかった。

だけど――。

「それはだめ！　秋人に自分で思い出してもらいたいもん……！」

やはり夏実は、首を縦に振らない。

「いや、しかし……意地を張っていても意味がないと思うぞ？　あいつが告白をしたって言い切るんだったら、ここで打ち明けて付き合うことを選んだほうがいいと思うが……」

夏実の言っていることもわからないわけではないが、一年以上進展がなかった二人を傍で見続けてきた冬貴は、このまま夏実が幼馴染みであるのを隠し続けることは得策じゃないと思っていた。

夏実が幼馴染みの女の子だったと気が付けば、秋人の夏実を見る目も変わるかもしれないのに――と。

「意地ってわけじゃないし……。それに、大切な約束だってあるから……」

大切な約束――それを、冬貴は教えてもらっていない。

どうやら幼い頃に秋人と夏実の間で交わされた約束のようだけど、夏実はそのことを教えてくれなかった。

二人だけの大切な約束だから――とのことらしい。

「でも、このまま秋人に告白をするつもりもないんだろ？」

「そ、それは……！　だって、望み薄だし……」

「急に縮こまるなよ……。だったら、またこのまま待ち続けるのか？」

「うぅん、さすがに私も、このままではだめだってことはわかってるから……」

夏実は冬貴の言葉に対して首を左右に振る。

一年間、夏実も黙って秋人の傍にいたわけではない。

自然を装いつつも、頑張って女の子アピールをしてきたのだ。

それでも状況が変わらなかった今、新たな挑戦をする必要があると考えた。

「だから、もう覚悟を決める……！　秋人が、少なくとも昔の私には好意を寄せているってことがわかったんだから、これからはちゃんとアタックする……！　もう、逃げない……！」

秋人の気持ちを知ったことで、宣言通り夏実は覚悟を決めた。

胸の前でグッと力強く拳を握り、瞳には同じく強い意志を秘めている。

「そっか、少し安心したよ」

冬貴から見ると、夏実の見た目は女子の中でもかなりレベルが高い。

クリッとした大きな瞳に、筋が通った高い鼻。

何より、人懐っこい笑顔は男女問わず大人気だ。

髪型は茶髪の耳掛けボブヘアーで、幼い頃と変わっていない。

だから、夏実が本気でアタックするのであれば、秋人を落とせるのではないかと思った。

「冬貴も手伝ってよね？　私だって、冬貴が春奈ちゃんと付き合えるように手伝うんだから」

「ばっ――！　お前、誰かに聞かれたらどうするんだよ……！」

急に春奈の名前を出された冬貴は、慌てて周りを見る。

幸い誰も近くにおらず、ホッと安堵の息を吐いて夏実を睨んだ。

すると、夏実は呆れたように息を吐いた。

「私だって誰にも聞かれたくない話をしてたんだから、周りに人がいるわけないでしょ？　てか、自分のことになると必死になりすぎ」

「う、うるさいな……。他の人に聞かれたらまずいんだよ……」

「まぁ、春奈ちゃん大人気だしね」

春菜の見た目は簡潔に言うと、黒髪ロングの童顔巨乳美少女。

更に、優しい性格をしていることから男女問わず大人気だった。

当然、春奈を狙っている男子は多い。

しかし――。

「いや、そういうことが理由じゃないけど……」

「えっ、じゃあ何？」

他の人に知られたくない理由が他にあると言った冬貴に対し、夏実はグイッと顔を近付けて尋ねる。

冬貴は気まずそうに一歩引きながら、首を左右に振った。

「別に、そこまで言わなくてもいいだろ……」

「なんでよ!? 協力関係にあるんだから、教えなさいよ……！」

「夏実だって、大切な約束ってやつを隠してるんだから、おあいこだろ……！」

「うっ、それを言われると確かに……」

夏実が既に隠しごとをしている以上、それを持ち出されてしまえばもう何も言えない。

気になりはするけれど、大切な約束を聞き出そうとされるのは困るので、夏実はおとなしく諦めた。

「それよりも、秋人に本気でアタックするんだろ？　そのことを考えなくていいのか？」

これ以上話題を続けたくなかった冬貴は、元の話へと軌道修正をした。

すると、夏実は自信ありげな表情でまた胸を張って口を開く。

「ふっふ～ん、まぁ見てなさいって。絶対、秋人に意識させてやるんだから」

(あっ、めっちゃ失敗しそうだ)

夏実の自信ありげな態度を見た瞬間、冬貴は凄く嫌な予感がした。

だから止めようかという考えが頭を過るものの、折角覚悟を決めた夏実の意志を曲げるようなことはしたくない、という思いも頭を過ってしまった。

それに秋人の鈍感ぶりを考えると、やりすぎくらいがちょうどいいのかもしれない。

そう思った冬貴は、一旦静観することにした。

「まぁ、頑張って。手伝えることは手伝うから」

「うん、ありがと！　じゃあ、早速行くよ……！」

冬貴の協力も得た夏実は嬉しそうに笑みを浮かべた後、意気揚々と教室に戻っていくのだった。

◆

「そういえば春奈ちゃんって、いつもかわいい服を――」

「――あ～きと♪」

「――っ!?」

夏実たちが席を離れたので春奈と雑談をしていた秋人は、夏実の猫なで声に驚いてしまう。

見れば、夏実はとても嬉しそうな表情で近寄ってきていた。

「な、なんでそんなにご機嫌なんだ……？」

今まで見たことがないといっても過言ではない夏実の様子に、秋人は恐る恐る尋ねてみる。

するとﾞ、夏実は不思議そうに小首を傾げた。

「別に、いつも通りだけど？」

「どこが……。なぁ冬貴、いったい何を話してたんだ……？」

明らかに夏実の様子が違うので、秋人は怪訝に思いながら冬貴に視線を向けた。

「………」

しかし、冬貴はなんともいえない表情で目を背けてしまう。

それによって秋人は余計に怪しむが、そんな秋人の前になぜか夏実が箸を突き出してきた。

突き出された箸には、フワフワとした卵焼きが挟まれている。

「こ、これは……？」

「秋人、あ～んしてあげる」

「なっ!?」

みんながいる教室の中、夏実が思わぬ行動をしてきたので、秋人は思わず大声を上げてしまう。

それにより教室内の視線が全て秋人に注がれ、夏実がしようとしていることに全員が気付いて驚いた。

「な、何悪ふざけしてるんだよ……！」

秋人は顔を赤くしながら、夏実の態度をからかいだと決めつける。

夏実のキャラといえば、若干姉御肌が入ったフレンドリーでコミュ力の高いギャルという感

じだ。

普段秋人を注意する側であり、こんなことは一度もしてきたことがなかった。

「ち、違うよ！　本当にやってあげるって！」

「嘘だ……！　そう言って口を開いたら、自分のほうに箸をUターンさせて自分で食べるんだろ……！」

漫画をよく読む秋人は、ギャルがこうやって主人公をからかっているシーンを、何度も見たことがある。

だから今も、からかってきていると決めつけたのだ。

「あんた私のこと疑いすぎじゃない⁉」

「だって急に怪しいだろ……！　一年くらい一緒にいて、今まで一度もこんなことしてこなかったのに……！」

普段やらないことをやるのは、絶対に裏がある。

そう信じてやまない秋人は、グッと口を閉じた。

それにより、夏実は意地になってしまう

「お、男が細かいことを気にしない……！　いいから食べなさいよ……！」

「絶対嫌だ……！」

「なんで食べないのよ……！」

（あ～んで意識させる作戦なのに……！　食べてくれないと始まらないじゃん……！）

嫌がる秋人に、グイグイと箸を押し付けてくる夏実。

秋人はそれを避けながら、この状況を回避すべくある案を思い付いた。

「だ、だったら、俺がしてやるよ」

秋人は伸ばしてきている夏実の手を優しく掴み、夏実の手から箸を奪い取った。

そして、そのまま夏実の口へと持っていく。

(夏実だって俺と一緒で、こういうことは苦手なはずなんだ……！　これで退《ひ》くだろ……！)

秋人はそう思って行動に移したのだが――夏実の反応は、秋人の予想とは全く違った。

「い、いいの……？」

夏実は恥ずかしがったり嫌がったりするんじゃなく、秋人の顔色を窺うように上目遣いで聞いてきたのだ。

(作戦とは違うけど、これはこれで秋人に意識させられるもんね……。後、単純に嬉しいし……)

夏実がそう画策する反面、予想とは違う反応に秋人は戸惑っていた。

しかし、秋人が何か否定的な言葉を言う前に、夏実がすぐに口を開いた。

「あ～ん」

頬をほんのりと染めて、まるで親鳥に餌をもらう雛鳥のように小さく口を開けている夏実。

目は瞑っており、秋人が口に卵焼きを入れてくれるのを、今か今かと待ち構えていた。

まさかこうなるとは思っていなかった秋人は、困ったように周りに視線を向ける。

すると、春奈をはじめとしたクラス中の女子たちが口元を手で押さえたり、両頬を手で押さえたりなどして、期待するような目を向けてきていた。

逆に男子は、嫉妬にまみれた表情でジッと秋人を見つめている。

男子はともかく、女子はこの後の展開をかなり期待しているようだ。

もう冗談とは言えない空気だった。

「な、夏実、後悔しても知らないぞ……？」

「しない！　しないから早く！」

一縷の望みを抱いて夏実に確認をした秋人だが、夏実は一生懸命首を縦に振って再度口を開いた。

(なんで喰いついてくるんだよ……！　今までだったら、この手のことは顔を赤くして避けてたくせに……！)

内心そう戸惑う秋人だけど、皆が注目する中で女の子にここまで言わせて退けるはずもなく、なんとか覚悟を決める。

「わ、わかった……。いくぞ……」

恐る恐る――そして、間違っても口の中にぶつけないよう慎重に、秋人は夏実の口へと卵焼きを入れた。

口の中に卵焼きが入ったとわかると、夏実はパクッと口を閉ざす。

モグモグと卵焼きを噛みしめ、ゴクンッと飲みこんだ。

そして、にへぇと幸せそうに頬を緩ませる。

夏実のそんな笑顔を見た秋人は、ドキッと胸を高鳴らせた。

同時に、教室内が大きな声で包まれる。

阿鼻叫喚とする男子たちの声と、歓喜する女子たちの声だ。

「な、何この状況……？」

「今気付いたのかよ……」

「いや、だって……」

自分の作戦を成功させることだけ考えていた夏実は、秋人しか目に入っていなかった。

だから周りの様子に気が付いていなかったのだ。

「な、夏実ちゃんって、大胆だね……」

戸惑う夏実に対し、傍で顔を赤くしていた春奈が、恥ずかしそうに両手で口を押さえた状態でそう話しかけてきた。

「えっ？」

「みんなの前で、秋人君にあ～んをしてもらうなんて……」

「――っ!?」

春菜に指摘され、やっと自分がしていたことを自覚した夏実は、『ボッ！』という効果音が聞こえそうなくらいの勢いで、顔を真っ赤にしてしまった。

そして、ブルブルと体を震わせながら、若干涙目で口を開く。

「も、もしかして、みんな……見てたの……？」

「うん……バッチリと……」

「わぁあああああ！」

自分の恥ずかしい姿をクラスメイトたちに見られた夏実は、机の上にうつ伏せとなってしまった。

そして恥ずかしさに悶える声を上げながら、バタバタと足をバタつかせる。

そんな夏実を、春奈は背中をさすりながら慰めていた。

「——なぁ、夏実って、結構男子から人気があったのか……？」

夏実が悶える中、クラス内の様子に思うことがあった秋人は、冬貴に近付いてそう質問を投げかけた。

すると、若干冷めたような目を冬貴は向けてきて、溜息まじりに口を開く。

「顔はかわいいし、明るくて親しみやすいから、春奈ちゃんまでとはいかなくても結構人気があるぞ」

「まじかよ……」

何を今更——という言葉を最後に呟いた冬貴の言葉を受け、秋人は夏実の人気の高さを初めて知ることになるのだった。

◆

「――ねぇ、秋人」

お昼休みの一件から一時間が経った頃、国語の授業中に夏実が話しかけてきた。

顔色は普通に戻っており、どうやらやっと冷静になったらしい。

「どうした？」

秋人は、若い女性教師が黒板を向いたタイミングを狙い、夏実に返事をする。

すると、夏実は机を寄せてきた。

「教科書、見せて」

「えっ？」

「だから、教科書見せて。今日忘れちゃったの」

小首を傾げながら、ニコッと微笑みかけてくる夏実。

教科書を忘れたことに対して悪気はなさそうで、むしろどこか嬉しそうだ。

「今まで忘れたことないよな？」

秋人は夏実の様子を警戒しながら、いつも忘れないことを指摘する。

夏実はギャルな見た目に反して真面目なため、教科書を忘れたりしないのだ。

そんな夏実が忘れたなんて、お昼休みのことがある以上疑わざるを得なかった。

しかし、夏実は落ち着いた様子で首を横に振った。

「忘れちゃったんだから、仕方ないじゃない」

「まぁ、それは……」

確かに、今忘れてしまったのなら過去がどうであれ関係はない。

さすがに警戒をしすぎたか、と思った秋人は夏実に教科書を見せることにした。

「――紅葉君、新海さん、何をしているのですか？」

当然、急に机をくっつけていれば先生に指摘をされてしまう。

秋人は慌てて口を開いた。

「あっ、すみません。夏――新海さんが教科書を忘れたらしいんで、見せていいですか？」

「新海さんが？　珍しいですね、かまいませんよ。教科書がないと困りますからね」

先生は優しい笑みを浮かべて頷くと、黒板へと再度向き直した。

今授業をしてくれているのは生徒の中でも有名な優しい先生のため、この程度で叱られることはないのだ。

「これで見える？」

秋人は教科書を夏実の机の上に置き、夏実に見やすさを確認する。

すると、夏実は笑みを浮かべて頷いた。

「うん、見える。ありがと」

「どういたしまして」

そうして、授業に集中し始めた二人。

秋人は先生が黒板に書く言葉をノートへと書き写していく。

夏実も、同じくノートへと書き写していたが――。

「ふぅ……今日、あっついなぁ……」

夏休み前の暑い時期だからか、夏実は胸元のボタンを外して、パタパタと襟元をはたき始めた。

それにより秋人は思わず、夏実の服の隙間からチラッと見える下着に目を奪われてしまう。

「ちょっ、何して……！」

「何って、暑いから扇いでいるんだよ？」

「お前、人の目を気にしろよ……！　見えちゃうだろ……！」

「何が？」

声をなるべく殺し、周りに聞こえないようにした秋人の忠告に対し、夏実は不思議そうに首を傾げる。

まるで、秋人が何を言いたいのかわかっていない、という態度だ。

しかし、内心は全然違った。

（はずかしいはずかしいはずかしい！　なにこれはずかしい！　私、えっちな子じゃん……！で、でも、秋人はこういうの好きだろうし……！　相手に意識させたいなら、色仕掛けは大切だもんね……！）

こんなふうに、内心は自身の行動に取り乱しているのだけど、秋人を意識させたいので我慢しているのだ。

「だから、それは、その……！」

秋人は言葉にしていいのかどうかわからず、曖昧な言葉を発しながら思考を巡らせる。

そんな秋人を見て、夏実はニヤッと笑みを浮かべて顔を近付けてきた。

(効いてる！　秋人にこれ効いてる！　だって顔赤いもん！　意識しまくりじゃん……！)

これは押すチャンス！

そう思った夏実は、更に仕掛けることにしたのだ。

「な、なんだよ……？」

「ん〜？　なんか、慌てふためいてるな〜って思って」

「夏実、面白がってるだろ……！」

手で耳に髪をかけながら、夏実が上目遣いに顔を覗き込んできたので、秋人は顔を赤くしながら夏実に怒る。

もう少し夏実が前傾になってしまえば、チラッと見えている下着の面積が圧倒的に増えてしまいそうだ。

「面白がるようなこと、あるかな？」

しかし、夏実は引くどころか肩を秋人の肩に当ててきた。

「ちょっ!?　だから、からかうなって……！」

「からかってないよ。肩が当たってるだけじゃん」

「当ててくることがおかしいだろ……！」

恋人でもないのに肩をくっつけてくる理由なんてない。

そう思った秋人だが、指摘を受けた夏実は困ったように首を傾げた。

「ごめんね。でも、こうしないと見づらいの」

どうやら夏実は、教科書が見づらかったから、肩がぶつかるほどに近付いてしまった、と言いたいらしい。

「いや、さっき大丈夫って言ったじゃん……」

「さっきは我慢してたの。でも、やっぱり見づらいから諦めて」

「じゃあ……」

夏実が見づらいというのなら仕方ない。

そう思った秋人は、夏実から距離を取ることにしたが、秋人が離れた距離分を夏実は詰めてきた。

「なんで詰めてくるんだよ……!?」

現在二人の体勢は、秋人が壁ぎりぎりまで寄っており、夏実が秋人の机との境界線を乗り越えて押し寄ってきている感じだ。

さすがのこれには秋人もツッコミを入れる。

しかし、夏実は不思議そうに首を傾げた。

「なんで逃げるの？」

どうして秋人が逃げるのかわからない。

そう言いたげな表情だ。

「恥ずかしいからだろ……！」

秋人は思春期真っただ中。

ワイワイと騒ぐタイプだから勘違いされやすいが、女性慣れはあまりしていなかった。

だから、こんなふうにからかわれるのは苦手なのだ。

今だって、夏実に体をくっつけられて緊張してしまっている。

「恥ずかしいと思うから恥ずかしいんだよ。受け入れれば大丈夫」

「そんな無茶苦茶な理屈は聞いてない……！　てか、今授業中――」

「――二人とも、何をしているのでしょうか？」

秋人が授業中だということを指摘しようとすると、いつのまにか夏実と秋人の背後に先生が立っていた。

先生から発せられた声はとても優しいのだけど、なぜか二人は言いようのないプレッシャーを感じてしまう。

「授業を聞かずに、随分と楽しそうですね？」

「い、いえ、あの、これは……」

「言い訳、お聞きしましょうか？」

ニコッと笑みを浮かべながら小首を傾げる先生。

優しくて包容力のある笑顔だが、やはり謎のプレッシャーを感じてしまう。

秋人と夏実はお互い視線を合わせ、コクリと頷いた。

そして――

「「すみませんでした……！」」

――と、勢いよく頭を下げることで、どうにか許してもらえないか試みた。

「全く……学校は勉強をしにくるところですからね？　大目に見るのは今回限りですから」

「はい、すみません……」

先生に苦言を言われ、秋人はもう一度頭を下げた。

それを見た先生は溜息を吐きながら踵を返すが、何かを思い出したかのように視線を夏実に戻す。

そして、ゆっくりと口を開いた。

「新海さん、甘える時は人目がないところでしなさいね」

「甘え――!?」

「仲がいいのは結構ですが、目のやり場に困るのはやりすぎです」

先生はそう言うと、自身の胸元を指でさす仕草をした。

それにより、夏実は自身の胸元に視線を移し――自分がどういう状態なのかを、理解した。

「～～～～っ！」

胸元を開けている姿をクラスメイトたちに見られた夏実は、顔を真っ赤にして机に突っ伏すのだった。

◆

「――なんで、最後の授業が水泳なんだ……」

六時間目――更衣室で水着へと着替えながら、秋人は隣にいる冬貴に愚痴をこぼす。

そんな秋人に対し、冬貴は呆れたように溜息を吐いた。

「そう言いながら、どうせプールに入るとはしゃぐんだろ？」

「俺を子供みたいに言うのはやめてくれるか？」

「子供だろ？」

「「……………」」

急に無言で取っ組み合いを始める二人。

いつも一緒にいるほど仲がいい二人だが、付き合いが長いせいでこういう取っ組み合いはよくやっていた。

「秋人たち、馬鹿なことしてないでさっさと行こうぜ！　折角女子たちの水着姿が見れるんだからさ！」

「ほんとほんと！　そんなことするよりも、若草ちゃんの水着姿見たほうが絶対いいしな！」

秋人と冬貴の取っ組み合いを横目に、クラスメイトたちは意気揚々と更衣室を出て行った。

その男子たちの目当ては、小柄で童顔な見た目からは考えられないほどに大きな胸を持つ、春奈だ。

当然、他の女子たちの水着姿も楽しみにしているが、思春期の彼らにとって春奈の水着姿が一番刺激的だった。

「う～ん……あいつらの言うこともわかるけど、そんなあからさまなのはどうなんだ……？　なぁ、冬貴？　……冬貴？」

鼻の下を伸ばして出ていく男子たちを横目に、秋人は冬貴に話しかけるが、現在組み合っている冬貴の雰囲気がおかしいことに気が付いた。

「あいつら、春奈ちゃんをなんて目で見ようとしているんだ……」

「冬貴？」

「悪い、秋人！　俺も行ってくる！」

「あっ、おい――って、聞いてないな……」

秋人の呼びかけは届かず、冬貴は更衣室を出て行ってしまった。

一人取り残された秋人は、なんともいえない気持ちで更衣室を出る。

すると、少し離れた更衣室から夏実たちが出てきた。

「あれ、秋人一人じゃん。珍しいね」

「あぁ、あいつら、なんかはしゃいで――っ」

夏実に視線を移した秋人は、思わず息を呑んでしまう。

プールに入るのだから当然のことだが、目の前にいる夏実は既にスクール水着に着替えていた。

いつもは制服で見えない部分の、白くて綺麗な肌が惜しみなくさらされており、思わず秋人は目を奪われてしまう。

そんな秋人の様子を見た夏実は、秋人の目を追って自分の太ももを見た。

そして、急激に顔を赤くし、持っているバスタオルでバッと体を隠そうとするが——。

(な、何隠そうとしてるの私……！　こんなのチャンスじゃん……！　恥ずかしいけど、意識されてる今頑張らないと……！)

夏実は恥ずかしいのを我慢して、バスタオルごと両手を体の後ろに回した。

そして、ゆっくりと秋人に近付いてくる。

「な、夏実？」

「ふふ、秋人、今どこを見てたのかな～？」

戸惑う秋人に対し、夏実はニヤニヤとしながら上目遣いに秋人を見つめてきた。

後ろでは、春奈をはじめとした女子たちが秋人たちを見つめているのだが、どうやら夏実は気にしていないようだ。

「ど、どこって、別に夏実の顔を見ていたけど……」

「ほんとうかな～？　なんだか、随分と下を見ていたようだけど？」

「――っ！　そ、それは、あれだよ。虫がいたんだ」

顔を赤くしながらもいじわるな表情で見つめてくる夏実を前に、秋人は慌てて言い繕う。

しかし、それが嘘だとわかっている夏実には効かなかった。

「へぇ～？　でも、太ももの辺りに随分と熱っぽい視線を感じた気がするな～？」

「だ、だから、そこに虫がいて……」

「ん～？　だったら、私が気付くと思うんだけど～？」

夏実は秋人の嘘を直接指摘するのではなく、わざわざ逃げ道を潰すようなやり方で追い詰めていく。

元から無理な嘘だったけれど、秋人自身に夏実のどこを見ていたのかを言わせたいようだ。

「――ねぇ、なんか昼休みくらいから夏実ちゃんやけに積極的になったよね？　前から好意を寄せているのはわかりやすかったけど、なんだか羞恥心を捨ててアタックしてる感じ」

「だよね？　まぁ、でもいいんじゃない。紅葉君ってすっごく鈍感みたいだし」

「確かに、なんで夏実ちゃんの気持ちに気付かないんだって文句を言いたくなるもんね。それに、意外と受けに回ると弱いし」

「これはもう、二人がくっつくのは時間の問題かな？」

夏実たちを見ていた女子たちは、そう口々に言葉を交わす。

夏実は明るくて活発的なため、男子だけではなく女子からも人気だ。

だから、必然的に女子たちは彼女を応援している。

「…………」

そんな中、一人だけバスタオルを肩から被っている春奈は、複雑そうな表情をしていた。今もなお顔を赤くしながらやりとりしている秋人たちをジッと見つめ、一人考えごとに耽っている。

「あれ？　どったの春ちゃん？　お腹でも痛い？」

「えっ？　う、うぅん、大丈夫だよ」

考えごとをしている最中に声をかけられたので、春奈は一瞬戸惑ってしまう。

しかし、すぐにかわいらしい笑みを浮かべて首を左右に振った。

「そう？　体調悪いんだったら、休んでたほうが――」

「ばか、違うでしょ。春奈ちゃんは、これから男子の視線を集めちゃうから憂鬱なんだよ」

「あ～！　春ちゃんの胸は正直凄く羨ましいけど、こういう時大変だよね……。私たちがちゃんと壁になってあげるから、安心しなよ」

どうやら、春奈が何かを言わなくても、暗い表情に対して勝手に勘違いしてくれたようだ。

春菜はそれに対して余計なことは言わず、再度秋人たちに視線を戻した。

すると、羞恥心の限界だったらしき秋人が、夏実を遠ざけようとしていたらしく――。

「い、いい加減にしろよ――あっ」

払う仕草をした秋人の手が、彼氏以外は絶対に触ってはいけないところ――夏実の胸に、触れてしまった。

夏実の胸は、秋人の手によってムニュッと形を変えてしまっている。

「「「「…………」」」」

その光景はこの場にいた全員が目撃しており、沈黙がこの空間を支配する。

沈黙を破ったのは、顔を真っ赤にしてプルプルと全身を震わせている、夏実だった。

「~~~~っ！　あ、秋人の、ばかぁあああああ！」

夏実は胸をバスタオルで隠しながら、プールに向かって走り出してしまう。

「あっ、おい、夏実！」

「もうお嫁にいけないぃいいいいいい！」

駆け出した夏実に対して手を伸ばした秋人だが、運動神経がいい夏実は一瞬にして、秋人の手が届かないところまで行ってしまった。

そして戸惑う秋人の肩に、ポンッと誰かが手を置く。

恐る恐る秋人が振り返ると――そこには、素敵な笑みを浮かべるスクール水着姿の女子たちが立っていた。

「責任……取るよね、紅葉君？」

笑みを浮かべながら異様な雰囲気を放つ女子たちにそう迫られ、少しの間秋人は女子が怖くなるのだった。

# 第二章　「女友達と甘い時間」

「――なんで、いるの……？」

夏実が迫ってくるようになった次の日の朝、玄関を出た秋人はここにいないはずの人物が立っていたので、思わずそう尋ねてしまった。

その人物は、冬貴の隣に立ってニコニコの笑顔で秋人を見つめている。

「迎えに来てみた」

「迎えに来てみた、じゃないよ！　おかしくないか!?」

てへっ、とでも言いそうな態度で首を傾げる夏実に対し、秋人は間髪入れずにツッコミを入れてしまう。

冬貴は同じ団地に住んでいるので毎日一緒に通っているのだが、夏実は一駅隣の町から学校に通っているため、今まで迎えに来たことなどないのだ。

それなのにここにいるということは、嫌でも昨日のからかいの延長だということを考えてしまう。

「いいじゃない、たまにはこういうことがあっても」

夏実はニコニコの笑顔のまま、嬉しそうに秋人に近付いてくる。

昨日の数々の羞恥に関してはもう忘れた、とでも言うかのように、ご機嫌な様子だ。

夏実が何を考えているかわからない秋人は、困ったように冬貴へと視線を向ける。

すると、冬貴は右手を上げて秋人から遠ざかっていた。

「じゃ、俺先に行くから」

「はぁ!?　おい、冬貴——って、本当に行きやがった！」

冬貴を呼び止めようとした秋人だったけれど、冬貴は脱兎の如く走り去ってしまった。

運動を苦手としている親友のあまりの逃げ足の速さに、秋人は唖然としてしまう。

そんな秋人の隣には、秋人と二人きりになって更にご機嫌となった夏実が立っている。

「私たちも行こっか？　あまりモタモタしてると遅刻するし」

「あ、あぁ、そうだけど……」

二人きりになっても気にしていない夏実に対し、秋人は戸惑いを隠せない。

昨日から夏実の様子はどこか変な気がしている。

しかし——。

「まぁ、いっか」

(俺も夏実と登校できるのは嬉しいし……)

折角夏実と二人きりで登校するチャンスなので、秋人は深く考えるのはやめた。

(ふふ、秋人と二人きりで登校できてる♪　今までは、おかしいってツッコミを入れられたら困るから避けてたけど、勇気出して迎えにきてよかった)

夏実はご機嫌な様子で、秋人の顔を見上げる。

「一年生の時からよく一緒にいるのに、こうやって登校するのは初めてだね？　下校はよく一緒に帰ってるけど」

「まぁ、朝って待ち合わせしない限り、なかなか会わないもんな」

秋人をはじめとした春夏秋冬グループの四人は、仲がいいため放課後は一緒に帰ったり、遊びに行ったりする。

しかし、家が近いのは秋人と冬貴だけで、夏実と春奈は別の駅から来ていた。

そのため、朝は別々で登校しているのだ。

「待ち合わせすればいいのに」

「そこまですると、窮屈じゃないか？　春奈ちゃんとか困りそうだろ」

「なんで？」

「なんでって……夏実も知ってるだろうけど、俺や冬貴と、春奈ちゃんって同じ中学校だっただろ？　あの子、中学の時から男子のことが苦手な節があるんだよな」

秋人が抱く春菜の印象は、気の弱い女の子、というものだった。

それは、中学の頃男子に話しかけられる度にビクついていたり、男子と話す際に怯えているような表情をしていたのが原因だ。

今は比較的マシになっているようにも思うけど、だからといって男性恐怖症みたいなのが治っているようにも思えなかった。

「そうかな？　それだったら、秋人や冬貴と一緒にいないと思うけど……」

「それは、夏実が俺たちと一緒にいるからだろ？」

「えっ？　私関係なくない？　だって、春奈ちゃんと話すようになったのって、秋人たちと一緒にいるようになってからだもん」

「あれ？　そうだっけ？」

「うん。じゃないと、高校から一緒になった私には春奈ちゃんと話すキッカケがないじゃん」

夏実に指摘され、秋人はそうだったかもしれない、と思い直した。

コミュ力が高い夏実だから、自然に春奈と仲良くなっている気もしなくはないけれど、記憶の切れ端によそよそしかった春奈のほうが、夏実よりも早く一緒にいた記憶がある。

「そういえば、あれか。同じ中学の奴がクラスに俺と冬貴しかいなかったから、春奈ちゃんが俺たちについて歩いていたのか」

「その辺は知らないけど……まぁ、仲いいんだなぁとは思ってた」

「もしかしたら、春奈ちゃんって冬貴のことが好きなのかな？」

「えっ、なんで!?」

秋人から思わぬ言葉が出てきて、夏実は驚いたように秋人の顔を見つめる。

「いや、さ。冬貴ってイケメンじゃん？　それに、勉強もめっちゃできるし。だから中学校でも結構モテていて、春奈ちゃんも好きなのかなって」

「ふ～ん……まぁ、それならいいんだけどね……。冬貴のためにも……」

「えっ？」

なんだか思うところがありそうな夏実の言葉に、秋人は首を傾げる。

しかし、夏実は笑顔で首を左右に振った。

「うぅん、なんでもない。ただ、春奈ちゃんは冬貴のことを好きにはなってないと思うなぁ」

「どうしてそう思うんだ？」

「う〜ん？　なんとなく？」

「なんだそれ」

かわいらしく小首を傾げて笑顔を見せた夏実に、秋人は呆れたような笑顔でツッコミを入れた。

夏実はそれに笑顔で返すが、秋人の視線が自分から外れたのを確認して俯いてしまう。

そして、ゆっくりと口を開いた。

「……本当に好きだったら、くっつけるのに苦労してないもん……」

秋人に聞こえないよう小さくボソッと呟いた夏実。

その表情は、暗かった。

「――夏実」

「えっ――きゃっ」

夏実が俯いたまま歩いていると、突然秋人が夏実の肩を掴み、グッと自分のほうへと抱き寄せた。

それにより、夏実は顔を真っ赤にして秋人を見上げる。

「な、ななな――――!」

(なに、どうしたの!? 秋人、急に積極的すぎてない!? まさか、アプローチが成功してここで告白とか!?)

「あ、秋――」

夏実は期待するように秋人を見上げる。

その直後、車が勢いよく夏実の脇を通り過ぎた。

「危ないな……こんな細い道を飛ばすなよ……」

「えっ……?」

「悪い、俺が車道側を歩いとけばよかった。場所変わろう」

秋人はそれだけ言うと、夏実の左手側へと回り込んだ。

それにより、どうして先程抱き寄せられたのかを夏実は理解する。

(なんだ、告白じゃなかったんだ……。でも、あぁいうふうに助けてくれたのは嬉しい……)

「えっと……秋人、ありがと……」

夏実は自身の胸に右手を当て、顔を赤く染めながら秋人にお礼を言った。

「いや、これくらい普通なことだし……」

お礼を言われたことで秋人は若干照れ、ソッポを向きながらそれに答える。

夏実はそんな秋人を上目遣いに見つめ、小さく口を開いた。

「ほんと、秋人ってかっこいい……」

「えっ？　なんか言った？」

「う、うぅん、なんでもないよ……！」

夏実の独り言を聞き取れなかった秋人が尋ねると、夏実は笑顔で首を左右に振って誤魔化した。

そして、赤く染まった顔のまま秋人の手を取る。

「そ、それよりも、早く行こ！」

「あっ、ちょっ……！」

「ほらほら、早くしないと遅刻しちゃうよ……！」

急に手を繋がれて顔を赤くした秋人は、他の学生と鉢合わせするまで夏実に手を引っ張られることになるのだった。

◆

「――ねぇねぇ、夏実ちゃんと紅葉君、登校中抱き合ってたよね？」

一限目が終わった後、夏実はたちまち女子たちに囲まれてしまった。

囲んできた女子たちは、ニマニマとした表情で夏実のことを見つめている。

「えっ!?　そ、それはその――！」

「何々？　もう二人そこまでいっちゃった？」

「さすがの紅葉君も、夏実ちゃんの猛アタックで気持ちに気付いたのかな？」

顔を赤くして夏実は何かを言おうとするが、それよりも先に友人たちが捲くし立ててくるため、うまく話せない。

「いや、だから……！」

「教室に入ってきた時の夏実ちゃん、幸せそうな顔してたもんね」

「うんうん、めちゃくちゃ嬉しそうだった」

「別に、まだそういうんじゃ……！」

「まだ！　まだって言った！」

「つまり、夏実ちゃんはもうそうなる気満々！」

「〜〜〜〜っ！」

夏実の失言により、更に盛り上がってしまう女子たち。

それにより夏実は、真っ赤にした顔を両手で隠してしまった。

見た目や明るい性格からギャルのように見られる夏実だが、内心はウブで恥ずかしがり屋な女の子なのだ。

今は秋人の気を引くために頑張っているだけで、こんな質問攻めに耐えられるほど心は強くなかった。

——しかし、照れて悶える夏実の態度は、周りを更に熱くする。

「照れてる夏実ちゃんかわいすぎ！」

「あぁ、もう！　こんな夏実ちゃんを好き放題できる紅葉君が羨ましいよ！」

悶える夏実のことを、ニマニマ顔で見つめる女子たち。

夏実は恥ずかしさから穴に入りたい気分になった。

「ねぇねぇ、それでどこまで進んだの？」

「チューは？　チューはもうした？」

夏実が答えられないのをいいことに、女子たちは勝手に妄想を広げて夏実に尋ねてくる。

その表情は期待に満ちており、夏実の話を聞きたいと急かしているようだった。

「だから、そんなのしてないって……！」

夏実は真っ赤になった顔を両手で押さえながら、首を左右に振る。

すると、途端に周りからは残念な溜息が出た。

「夏実ちゃん、そこは押し切らないと……！」

「そうだよ、いい雰囲気になったら、そのまま押し倒しちゃうんだよ……！」

「それ、男子と女子の立場逆でしょ……」

「でも、夏実ちゃんたちの立ち位置的にそうじゃない？」

「それは……そうだけど……」

友人から指摘をされ、夏実は反論の言葉が出てこなかった。

現在夏実から秋人にアタックをしており、逆に秋人から何かを夏実に仕掛けてきたことはない。

必然、周りが自分たちにどのようなイメージを抱いているのか、さすがの夏実も理解している。

「ねぇ、やっぱりグイグイいく女の子ってだめなのかな……？」

ふと、そんな考えが頭を過った夏実は、不安そうに尋ねてしまった。

すると、友人たちはキョトンとした表情でお互いの顔を見つめ、そして不思議そうに夏実の顔に視線を戻す。

「何言ってるの？　そんなわけないじゃん」

「えっ？」

「まぁ人によるだろうけど、少なくとも夏実ちゃんが紅葉君にグイグイいくのは、いいと思うよ？」

「どうして……？」

友人たちの思わぬ言葉に、夏実は聞かずにはいられなかった。

もちろん、夏実は秋人に好きになってもらおうと思って、グイグイアタックをしている。

しかし、秋人がそれを嫌がっている可能性を拭いされなかった。

それは、秋人が夏実の行動に対して怒るからだ。

「いや、だってさ……嫌だったら、紅葉君が夏実ちゃんと一緒にいるわけないじゃん」

「そうそう、紅葉君率先してみんなを引っ張るだけあって、嫌な相手には嫌ってはっきり言うもん」

「でも、夏実ちゃんに対しては遠ざけるどころか、いつも一緒にいるでしょ？　それが、答えだよ」

　夏実に対し、友人たちは優しい笑顔でそう言ってきた。

　その言葉を受けた夏実は、思わず胸が熱くなってしまう。

「紅葉君の夏実ちゃんに対するあの態度は、ただの照れ隠しでしょ！」

「そうそう！　だって毎回顔真っ赤だし！」

「まぁでも、あそこまでアタックされてて、夏実ちゃんの気持ちに気付かないのはどうかと思うけどね～」

　夏実が嬉しそうに胸を押さえていると、急に友人たちは秋人の態度について話し始めた。

　現在秋人は別クラスの友人に用事があるということで教室を出ており、本人がいないのをいいことに好き放題言っているようだ。

　ちなみに、『このクラスで夏実の気持ちを知らないのは秋人だけだ』、ということを知らないのは、夏実と秋人だけだったりする。

　一年生の頃から夏実が秋人に気があるのは、夏実のわかりやすい態度によってみんなにバレているのだ。

「ちょ、ちょっと、みんな！　声が大きいよ！」

「あ～、ごめんごめん。でもさ、やっぱりちょっとな～って思うよね」

　夏実を大切に思っているからこそ、その気持ちに気が付かない秋人に対して女子たちは思うところがある。

どうして気が付かないのか——その議論が夏実がいないところで行われることも、珍しくはなかった。

「あっ、そういえば……紅葉君って、吹雪君の幼馴染みじゃん？　吹雪君が小さい頃からモテてるから、女子から見られる自分を卑下してるっていうのを、聞いたことがあるよ！」

「えっ、それどこ情報？」

一年経っても秋人は自分の気持ちに気が付いてくれない。

その思いがあった夏実は、思わぬ原因が知れそうだとわかり、前のめりに喰いついてしまった。

「ち、近いよ、夏実ちゃん……」

「あっ、ごめん……」

指摘をされ、夏実は近付けていた顔を離した。

話そうとしていた女子は困ったように笑った後、唇に人差し指を添えながら、思い返しているかのような表情でゆっくりと口を開く。

「えっとね——他のクラスにいる、紅葉君たちの同中《おなちゅう》の子が言ってたんだけど……ほら、吹雪君ってめっちゃモテるじゃん？　だから一緒にいるせいで目立たないんだけど、意外と中学時代は紅葉君も人気があったみたいなの」

「えぇ!?」

思わぬ情報が出てきたため、夏実は思わず大声を上げて驚いてしまう。

しかし、友人はその反応は織り込み済みだったのか、気にせず話しを続けた。

「それで、ちょくちょく紅葉君にアタックする子やバレンタインチョコを渡そうとする子がいたんだって。でも紅葉君、それは吹雪君に近付く口実だったり、チョコを代わりに吹雪君に渡してもらいたいんだなっていつも勘違いしてたらしいの。だから見兼ねたその友達が怒って理由を聞いたら、幼い頃から吹雪君ばかりモテて、そういうふうに接してくる女の子が多かったからって、答えたらしいよ」

「な、何、それ……」

秋人の過去話を聞いた夏実は、言いようのない気持ちを抱く。

女子の好意を無下にし続けた秋人に腹が立つ半面、自分以外にも秋人を好きな子がいるという事実を知って焦りを抱いた。

「ち、ちなみに、その近付いてた女の子たちって……」

「あぁ、大丈夫。みんな別の高校行ったらしいから」

「そ、そっか……」

「それにうちの高校だと、一年生の時から夏実ちゃんがあからさまな態度を取っているおかげで、紅葉君は夏実ちゃんのものってみんな思ってるから、手を出そうとする子はいないと思うよ」

「あ、あはは……」

それは喜んでいいのかどうか、夏実にはわからなかった。

秋人に特定の相手ができなかったり、恋のライバルができないのは嬉しいけれど、自分は他の女子から見たら嫌な奴なのではないか、という不安が出てきたのだ。

「心配しなくても大丈夫だって！　今日なんて、みんなの前でイチャイチャ登校をしてきたわけだし！」

「――っ!?」

「そうそう、楽しそうに話しながらね。もうみんな、夏実ちゃんたちが付き合ってると思ってるよ」

どうやら夏実の苦笑いの意味を勘違いしたらしく、友人たちは今朝のことをまた持ち出してきた。

「てか、本当はやっぱり付き合ってるんじゃないの？」

「うんうん、白状しちゃいなよ～」

そして、またニマニマとした表情で夏実のことをからかい始めた。

「だから、付き合ってないんだってば……！」

「ほんとかにゃ～？」

「あやしいにゃ～？」

「もう、悪ノリして……！」

猫語を混ぜてニマニマとする友人たちに、夏実は顔を真っ赤にして文句を言う。

しかし、友人たちは止まらない。

「でも、とても楽しそうに紅葉君と一緒に登校――」

「――あれは、たまたま鉢合わせしただけだよ？」

「「「――っ!?」」」

夏実を中心に盛り上がっていた、女子たちの背後から突然聞こえてきた声。

その場にいた女子たちが驚いて声がしたほうを振り返ると、呆れた表情をした秋人が立っていた。

「あ、秋人……」

夏実は戸惑いながら、秋人の顔を見つめる。

「楽しそうなのはいいけど、人が嫌がることはしないほうがいいよ。夏実、嫌そうじゃん」

「あっ、でも、これは雑談してただけっていうか……」

「そうそう、別に嫌がらせでしてるわけじゃないし……」

秋人の登場で、女子たちは焦りながら視線を彷徨わせる。

そんな女子たちに、秋人は笑顔を返した。

「うん、みんなが夏実と友達なのは知ってるから、嫌がらせでしてるとは思ってないよ？　でもさ、無意識にやってることでも相手を傷つけることってどうしてもあるじゃん？　女子がこういう話が好きだってのはわかるけど、あまり話を聞かずに周りが煽ると本人は辛いと思うんだ。夏実だって、否定してたんでしょ？」

秋人はなるべく相手を怒らせないよう、優しい声を意識しながらそう尋ねた。

「そ、それは……。ち、ちなみに、どこから話を聞いて……？」

女子は気まずそうに頬を指で掻き、秋人の顔色を窺うようにして聞き返してきた。

それに対し、秋人は困ったように笑って口を開く。

「いや、今戻ってきたばかりだけど……なんとなく聞こえてきた会話と、夏実の赤い顔を見て、今朝の登校のこと言われたのかなって」

「「「…………」」」

秋人の言葉を聞いた女子たちは、揃って顔を見合わせる。

そして――。

(((なんで、こういう時だけ察しがいいの……！)))

この場にいる全員が、そう思ってしまった。

そんな視線を受ける秋人はといえば、先程の笑顔とは違う優しい笑顔を返した。

「まぁ、話に割り込んで悪かったよ。だけど、夏実は大切な友達だから、あまり傷つけるようなことはしてほしくないんだ」

秋人はそう言うと、夏実の隣である自分の席へと着いた。

そして、秋人の言葉を受けた女子たちはといえば――。

(((ここで、その笑顔は反則だよ……)))

全員頬を赤くしながら、机にうつ伏せとなって悶えている夏実を見つめるのだった。

◆

「――えっ、好きなタイプ？」

休み時間、冬貴と一緒に友達数人と話していた秋人は、突然聞かれたことを聞き返した。

「あぁ、実際秋人ってどんな人がタイプなのかなって」

「いや、どんな人って言われても……冬貴はどうなんだ？」

「なんで、俺に話を振るんだよ……」

なんとなく答えるのが嫌だった秋人が冬貴にバトンパスすると、冬貴はとても嫌そうな顔をした。

「思ったんだけど、俺たち今までこんな会話してこなかったなって。だから冬貴がどんな子を好きなのか気になった」

「じゃあ、まずは秋人が答えろよ」

人に聞くならまずは自分のことを言え。

そういう精神で冬貴がバトンを返すと、秋人は困ったような表情を浮かべた。

「とはいってもな……好きになった人が、好みのタイプなんじゃないか？」

「うわ、出たよ！　お前そういう逃げ方はずりぃんだぞ！」

「そうだそうだ！　男なら堂々と答えろよ！」

まじめに考えて答えたのに、即座に男子たちから文句を言われる秋人。

全員ブーブーと、子供のようにブーイングをしていた。

（でも、好みっていうほどこだわりってないんだよな……）

秋人は人を見た目で判断したりはしない。

だから、とりあえず性格面で考えることにした。

「そうだな……やっぱり、清楚系で優しい女の子がいいかな」

――そうなにげなく答えた一言。

しかし、その言葉を聞いた冬貴は驚いた表情を浮かべ、ゆっくりと視線を近くでこちらの様子を窺っていた夏実と春奈に向ける。

すると、夏実は絶望したように顔を真っ青にし、逆に春奈は興味深そうに秋人を見つめていた。

「な、なぁ、秋人。お前、清楚系の子が好きだったのか……？」

「なんでそんな声を震わせてるんだよ？　何かおかしいかな？」

ダラダラと冷や汗をかきながら聞いてきた冬貴に対し、秋人は不思議そうに首を傾げた。

どうして冬貴が焦っているのか、それを秋人はわかっていない。

「い、いや、だって……秋人って、そんなこと言わなかったし……」

「だからさっき、今までこういう話をしてこなかったなって言ったんじゃん」

「そ、そうだったな。でも、まさか……清楚系で、優しい女の子が好きだとは思わなかったよ……」

「むしろ、王道じゃないか……？」

「それは……そうだけど——」

秋人の言葉に対し、言い淀む冬貴。

そんな冬貴を不思議そうに見ていると、思わぬところから声をかけられた。

「——秋人君」

「えっ……？」

自分の名前を呼んだ声に反応し、秋人が戸惑いながら振り向くと——そこには、ニコッと笑みを浮かべた夏実が立っていた。

「今の、夏実……？」

声色と、声が聞こえてきた方向から夏実が呼んだのだと察した秋人は、首を傾げながら夏実に尋ねる。

すると、夏実はコクリと頷き、上品な笑みを浮かべた。

「どうかなさいましたか、秋人君？」

「——っ」

まるでお嬢様かと思うような、丁寧な言葉遣い。

胸元のボタンもしっかりと留め、普段短めなスカートも膝元まで伸ばされていた。

明らかに普段とは違う夏実の様子に、秋人は困惑しながら冬貴を見る。

すると、視線を向けた先にいた冬貴は、なぜか頭を抱えていた。

「ふ、冬貴？」

「知らない。秋人が悪い」

思わず冬貴に助けを求めようとした秋人だが、冬貴はあっさりと突き放してきた。

もう投げやりという感じだ。

「いや、なんで俺が悪いんだよ……」

「自分の言動を思い返せ」

「はぁ……？　えっと、確か——」

「まぁまぁ、よろしいではないですか、秋人君。細かいことは気にしないでおきましょうよ」

冬貴に言われた通り秋人が思い返そうとすると、即座に夏実が話に割り込んできた。

まるで、それ以上思い出すな、と言わんばかりの態度だ。

「あの、夏実？　どうしたんだ？　頭でも打ったのか？」

「酷いです、秋人君。私、普通ですよ？」

様子の急変に戸惑う秋人に対し、夏実は悲しそうに目を伏せ、口元に手を当てた。

その態度がなんだか弱々しく見え、まるで別人のように錯覚してしまう。

「な、なぁ、この上品な新海さんもよくないか……？」

「あ、あぁ、かわいいよな……」

秋人の後ろからは、そんな無責任な声が聞こえてくる。

確かに、元々夏実がかわいいこともあり、上品な夏実はかわいく見えた。

しかし、一年生の時からずっと一緒にいた秋人には、夏実の態度は違和感しかなく、今すぐにでもこのやりとりを終わらせたかった。

「は、春奈ちゃん？　夏実どうしたの……？」

とりあえず、現状もっとも話が通じそうな春奈に尋ねてみる。

春奈は急に話を振られて戸惑うものの、夏実に視線を向けて口を開いた。

「努力……？」

そして、小首を傾げながら訳がわからないことを答えた。

「ど、努力？　どういうこと？」

「私に聞かれても……」

春奈は困ったように笑い、今度は首を左右に振った。

詳しくはわからない、ということなのかもしれない。

「秋人君、先程からおかしなことをおっしゃっていますね。私は元からこんな感じですよ？

だって、お嬢様ですから」

急に、『自分はお嬢様だから、今までもこの喋り方だった』と主張する夏実。

自分で『お嬢様』というお嬢様がどこにいるんだ、と秋人は内心思うものの、実はこれは嘘ではなかった。

このクラスではもう全員が知っているが、夏実は結構いいところのお嬢様なのだ。

ちなみに、今は一人暮らしをしている。

「いや、だからって……口調、全然違うじゃん……」

「いえいえ、こんな感じでしたよ？」

そんなことありえない、ということを当然わかっている秋人は、これも夏実のからかいじゃないかと考える。

しかし、夏実がこの態度でどうからかうつもりなのかがわからない。

そのため、一応熱がないことを確認しようと、秋人は夏実の額に手を伸ばした。

「――っ!?」

急に秋人に額を触られた夏実は、急激に顔を真っ赤に染めてしまう。

そんな夏実を見つめながら、秋人は心配そうに夏実の顔を覗き込んだ。

「おかしいと思ったら、熱あるじゃん……！　しかも、凄く熱い……！」

「あっ、いや、あの、その、これは……！」

「ごめん、冬貴。ちょっと夏実を保健室に連れていってくるわ」

秋人は夏実の手を優しく掴み、行き場所を冬貴に伝える。

冬貴は動揺した様子もなく、半ば呆れたように頷いた。

「ほら、行こう夏実」

「いや、だから、あの……！」

「とりあえず、保健室で寝かせてもらいなよ。こんなに熱かったら心配だ」

秋人は痛くないよう力に気を付けながら、優しく夏実を連れ出した。

そして廊下で雑談する生徒たちの間を縫いながら、保健室を目指して歩いていく。

おかげで、顔を真っ赤にして俯く夏実と、その夏実の手を優しく掴む明人は、多くの生徒から注目の的になるのだった。

――後にこの秋人の行動により、校内を堂々と手を繋いで歩いていたカップルがいる、と瞬く間に秋人と夏実の噂は広がるのだが、そのことを本人たちが知るのは少し先になる。

◆

「あれ、先生いないな……」

ドアをノックしても返事がなかったので開けてみると、中には誰もいなかった。

どうやら、保健室の先生はどこかに出ているようだ。

「あ、秋人、大丈夫だから。ね、教室戻ろ？」

別に体調が悪くない夏実は、顔を赤くしながらはにかんだ笑顔で秋人に告げる。

ただ、手を放そうとはしない。

せっかくのチャンスを逃すほど、夏実は愚かではなかった。

「いや、まだ顔真っ赤だし、休ませてもらいなよ」

しかし、秋人は夏実を教室に戻すつもりはないようだ。

優しい力で夏実の手を引き、中へと入っていく。

「べ、別に、顔が赤いのは、熱のせいじゃないし……」

「えっ、じゃあなんで？」

「そ、それは……い、言わなくてもわかるでしょ……！　ほんと、いじわる……！」

説明をしようとした夏実だったが、急激に恥ずかしさに襲われたので、思わず怒ってしまった。

それにより、秋人は首を傾げてしまう。

（心配しているのに、なんでいじわるになるんだ……？）

秋人はそんな思いに駆られながら、夏実を見つめる。

そして考え、一つの答えを出した。

「あっ、ごめん。みんなの前で手を繋いでいたから、恥ずかしかったのか」

夏実が恥ずかしさから顔を赤くした、と思った秋人は、反射的に手を放そうとする。

しかし、夏実が手に力を込めて、それを阻止した。

「そうだけど、そうじゃない……！　相変わらず、秋人はこういう時ずれてる……！」

「えっ、じゃ、じゃあ、なんなんだよ？」

手を繋いでいたことが原因ではないと言われ、秋人は困惑してしまう。

だけど、こうなってくると夏実は自分で説明しないといけなくなり、口が裂けても言うわけにはいかなかった。

だから、秋人の手を握ったまま自らベッドへと向かう。

「夏実？」

「た、体調が悪いから、ベッドに入るの」

「いや、でもさっき、体調は悪くないって」

「悪いの……！　我慢して強がっていただけ……！」

恥ずかしさを我慢してそう強がる夏実は、ベッドに腰かけた。

そして、ベッドに横になるために足を上げると――もろに、スカートの中身が秋人には見えてしまう。

別のことを考えていたが故の、気の緩みが生んだ瞬間だ。

「――っ」

夏実のパンツの色や形がはっきりと見えてしまった秋人は、顔を赤く染めて息を呑んでしまう。

(ず、随分と大人なものを履いてるんだな……)

白色の花柄レースパンツを見た秋人は、思わずそんなことを考えてしまった。

顔を真っ赤に染めた秋人の様子から、夏実は見られてはいけないものを見られた、と気が付いてしまう。

「～～～～っ！」

夏実は声にならない声を上げ、バッと布団を頭から被る。

もう、秋人の手は放されていた。

「あ、秋人のばか……！　何ジッと見てるのよ……！」

「い、いや、今のは事故っていうか……」

半分以上夏実のせい。

そう言いかけた秋人だけど、反射的とはいえ自分も夏実の股に視線を向けてしまっていたため、グッと言葉を呑み込んだ。

いい思いをしてしまったのだから、ここは甘んじて罵倒を受け入れよう。

そう思った秋人は、ゆっくりと口を開く。

「ごめん……」

「………」

秋人が素直に謝ってきたので、夏実は布団から顔を半分出して口を開いた。

「えっと、私こそごめん。別に怒ったわけじゃないから……」

「そうなのか……？　夏実が怒るのは当たり前だと思うけど……」

「う、うぅん、怒ってない。ただ、恥ずかしかったから過剰に言っちゃっただけで……」

そう言って、夏実は照れたようにはにかんだ笑顔を見せた。

秋人は一瞬ドキッとするものの、先程少なからず夏実を傷つけた負い目から目を逸らしてしまう。

「ま、まぁ、今後はちょっと気を付けるよ」

「あっ、うん、それは……」

そう言いかけて、ふと思い留まる夏実。

ここで秋人が気を遣ってくれるのはありがたい。

しかし、この気を付けるとは、変な壁を作られるのではないか？

よそよそしくなり、自分たちの間に溝ができるのではないか？

そうなれば、全てが台無しだ。

そういう考えが一瞬にして頭を過り、夏実は慌てて口を開いた。

「だ、大丈夫……！　変に気遣ってくれなくていいから……！」

「えっ、だけど……」

「大丈夫だから……！　秋人が変に考えるとややこしくなるから、大丈夫だから……！」

「何が……？」

「いいから！　気にしなくていいから！」

顔を赤くしながら両手を顔の前で振る夏実。

そんな夏実を前にした秋人は戸惑いを隠せないけれど、夏実が触れてほしくないようなので話を終わらせることにした。

「そっか、わかったよ。気にしないでおく。それじゃあ、俺は教室に戻るな」

「えっ……」

秋人が椅子から立つと、夏実は寂しそうな表情を浮かべた。

それに気が付いた秋人は、もう一度腰を下ろす。

「あれ……？　行かないの……？」

「いや、説明する奴が必要だろうから、保健室の先生が戻ってくるまで待つよ」

「でも、授業……」

「まぁ、たまにはいいだろ。夏実は気にせず休みなよ」

秋人は、そう言って優しい笑顔を夏実に向けた。

すると、夏実は別の意味でまた顔を赤くし、恥ずかしさを誤魔化すように寝転がる。

「寝るのか？」

「んっ……まぁ、保健室に先生が戻ってくるまでは起きとくけど」

「今から寝ればいいのに」

「やだ」

夏実はまるで子供かのように拗ねた表情を浮かべた。

そして、顔を背けたまま、布団から左手を出して何かを探し始める。

いったい何をしてるんだろう、と秋人は疑問を抱きながら、夏実の左手を見つめた。

そうしていると、夏実の左手が秋人の右手に触れる。

秋人は反射的に右手をどけようとしたが、それよりも早く夏実が秋人の右手を掴んだ。

「な、夏実……!?」

思わぬ行動に秋人は戸惑わずにいられない。

見える夏実の横顔は、耳まで赤く染まっているようだった。

「べ、別に、いいでしょ、これくらい」

「良くないだろ……！　昨日から夏実変だぞ!?」

昨日から夏実がやけに積極的になったので、秋人はそのことを指摘する。

しかし、夏実は不服そうに頬を膨らませた。

「秋人だって、さっき手を掴んできたのに」

「あっ、いや……あれは、夏実を保健室に連れて行くためだし……」

「子供じゃないんだから、わざわざ手を繋がなくても行けますけどぉ？」

秋人に視線を戻した夏実は、まるで責めるかのようにジト目を秋人に向ける。

秋人は居心地悪そうに視線を彷徨わせ、困ったように口を開いた。

「あれくらい強引にしないと、夏実保健室に行かなかっただろ？」

「ふ～ん、そんな言い訳をするんだぁ？」

「い、言い訳って、お前な……」

全く信じていない様子の夏実に対し、秋人は物言いたげな目を向ける。

すると、夏実がモゾモゾと指を動かし、指と指を絡めてきた。

突然の恋人繋ぎに、秋人は更に驚いてしまう。

「ちょっ!?　本当に何して……！」

「べ、別にいいでしょ、これくらい」

「さっきと同じ反応だな!?」

「知らない」

夏実はまた頭から布団を被ってしまった。

しかし、秋人の右手はまだ解放されず、戸惑いながら彼女のことを見つめる。

「あ、あのさ、夏実って――」

「――あれ？　君、どうしたの？」

「「――っ!?」」

秋人が夏実に声をかけようとすると、黒髪を長く下に伸ばした大人の女性が入ってきた。

この保健室を担当している先生だ。

「あっ、えっと……すみません、友達が体調を崩してしまいまして……」

「あら、そうなの？　あぁ、ベッドが膨れ上がってるから、寝ているのかな？」

「た、多分そうでしょうか？　先程布団を被ったばかりですけど」

保健室の先生が現れてから夏実が顔を出そうとしないので、秋人はどう答えたらいいか迷いつつそう答えた。

すると、保健室の先生はニコッと笑みを浮かべる。

「そっか、後は任せてくれたらいいから、君は早く教室に戻りなさい。授業始まっているからね？」

「あっ……すみません」

「いいのよ、友達想いの子は嫌いじゃないから。授業の先生に叱られたら、保健室の先生と話していましたって言っておきなさい。もし私に聞かれたら、うまく言っといてあげるから」

「あ、ありがとうございます。では、よろしくお願いします」

秋人は保健室の先生にお礼を言うと、そのまま保健室を出て行った。

布団に潜りながらも会話を全て聞いていた夏実は、プクッと頬を膨らませていたのだけど、誰にも見られていないので、そのことに気が付く者はいないのだった。

◆

「――さっきは、ごめんね」

次の休み時間、教室に戻ってきた夏実はすぐに秋人の元にやってくると、申し訳なさそうな顔で謝ってきた。

そんな夏実に対し、秋人は笑顔で返す。

「なんで謝るんだよ。別に迷惑とか思ってないんだからさ」

「でも、迷惑かけたし……」

「友達の体調不良を迷惑だと思う奴って、最低だと思うけどな。夏実は俺を最低な人間にしたいの？」

秋人は肩をすかして、困ったように笑いながらそう尋ねる。

するると、夏実は唇を尖らせて拗ねた表情を浮かべた。

「秋人ってずるい」

「今更じゃん」

机に肘を付き、ニヤッと笑みを浮かべる秋人。

そんな秋人の脇腹を、夏実は軽く突っついた。

「えいっ」

「――っ!? な、何するんだよ……！」

「最近やられっぱなしだから、仕返ししとこうと思って」

「何が!?」

いったいなんの仕返しなのかわからない秋人は、ツッコミを入れずにはいられなかった。

しかし、当然夏実はその質問には答えない。

答えたら、自分が照れて悶えていたことを暴露するようなものなのだから。

「せっかくいい雰囲気だったのに……」

二人のやりとりを後ろから見ていた冬貴は、秋人に聞こえないよう気を付けながら、夏実に耳打ちをした。

すると、夏実は悔しそうに頬を膨らませる。

「だって、なんだか悔しいもん……！」

「まぁ夏実が頑張ってるのはわかるけど、相手が秋人だからな……」

「これもそれも、全部冬貴のせいなんだからね……！」

少し前に、どうして秋人が女子の好意に対して卑屈になっているか理由を知った夏実は、思わずその愚痴を冬貴に言ってしまった。

「えっ、俺何かした……？」

当然思い当たる節がない冬貴は、困惑した表情を浮かべる。

「存在が罪」

「それは酷くないか!?」

「まぁさすがに冗談だけど……いや、あながち冗談でもないかも」

「どっちだ!?」

ふと思うことがあった夏実が言い直すと、冬貴はツッコミを入れてしまった。

クールで通っている冬貴ではあるが、幼馴染み二人相手には結構ムキになるところがあるのだ。

「いや、ね。冬貴と秋人ってみんなに謝罪すべきだと思うの」

そう言う夏実は、冬貴だけでなく秋人にもジト目を向けた。

「いったいどんな話をしていたのか知らないけど、なんで俺は今、ジト目を向けられているんだ？」

冬貴の元気がいいツッコミしか聞こえなかった秋人は、不思議そうに首を傾げる。

すると、夏実はあからさまに大きな溜息を吐いた。

「おい、冬貴。もしかしなくても今、夏実の中で凄く馬鹿にされたぞ」

「だよな、それは俺も思った。夏実に馬鹿にされるのは納得がいかない」

春夏秋冬グループの学力的なことを言うと、冬貴と春奈は学年トップ争いをするほど勉強ができ、逆に夏実と秋人は運動こそ群を抜いて得意なものの、勉強は赤点ギリギリだった。

だから、冬貴は夏実に馬鹿にされることが納得できないようだ。

「うわ、そうやって自分勉強できますよアピールは、女子に嫌われるんだからね……！」

「別に、そうとは言ってないだろ？　というか、未だにどうして夏実がこの学校に入れているのか、不思議なんだが……」

この学校は進学校であり、入学をするためのハードルは高い。

秋人なんて、歩いて通える距離の高校にどうしても通いたいという理由で、受験勉強を死ぬ気で頑張ったほどだ。

もちろん、家庭教師には冬貴を付けて。

だから秋人がこの学校にいることは冬貴にとって不思議ではないけれど、夏実の学力でこの学校に入学できたことが不思議だった。

冬貴も夏実と再会したのはこの学校に入ってからなので、どういう裏技を使ったのか知らないのだ。

「そ、それは……もう、とんでもないスパルタで……がんばった……」

受験の話になると、なぜか夏実は遠い目をしてしまった。

その様子から、秋人と冬貴は触れてはいけない話題だったと気が付く。

実は、秋人がこの学校を目指しているという情報を得た時から、夏実は超優秀な家庭教師を付けてもらったのだ。

しかし、夏実の学力では到底合格は難しく、朝から晩まで缶詰のような状況で勉強をさせられてギリギリ合格できていた。

そんな過去があるから、夏実にとって思い出したくないものとなっているのだ。

「冬貴の馬鹿。受験のことを思い出させるな」

「いや、悪かったよ。まさか、そこまでトラウマがあるなんて思わなかったから」

夏実の反応が予想外だった冬貴は申し訳なさそうにする。

しかし、秋人はまだ思うところがあるようで、再度口を開いた。

「言っとくけど、俺も結構トラウマだからな？　あの時の冬貴、鬼かと思うほど厳しかっただろ？」

「それは、お前がすぐに音をあげるからだろ……！」

「正直、あの時はグーパン一発くらいしても許されるんじゃないかって思った」

「逆恨みな上に、理不尽だろ!?　なんで勉強を教えてやったのに、殴られないといけないんだよ……！」

「いや、冬貴なら許されるかなって」

「幼馴染みを大切にしろ……！」

そうやってボケる秋人と、ツッコミを入れる冬貴。

そんな二人を、クラスメイトたちは笑って見ていた。

「ふふ」

そしてそれは夏実も同じで、先程まで遠い目をしていたのに、今は微笑んでいた。

「ほら、冬貴のせいで夏実に笑われた」

「なんでもかんでも俺のせいにするな……！　最初から秋人のせいだ……！」

夏実に笑顔が戻ったので、秋人と冬貴は内心安堵しながらやりとりを続ける。

「冬貴って昔から口うるさいんだよな。俺のおかんかって感じで」

「いつもてきとーだったり、とんでもないことをしでかす秋人が悪いんだろ……!?」

「冬貴だって同類だろ!?　よく先生に怒られるし……！」

「それはお前にいつも巻き込まれるからだ……！」

「いや、結構お前ノリ気でやってるよな!?」

「乗せられているだけだ……！」

先生達の中で、秋人と冬貴は問題児、という位置づけにある。

その理由としては、イベントごとがあると、周りを巻き込みながら騒ぎを起こすからだ。

実際は秋人が発案し、最初に冬貴を巻き込んでいるだけなのだが、秋人と冬貴をセットに見ている先生達からは、問題児二人組と捉えられていた。

ちなみに、春夏秋冬グループには春奈がいるため、馬鹿騒ぎをする時は女子組を巻き込まないようにしている。

「まぁまぁ、人生一度きりの高校生活。楽しくやろうぜ」

「はぁ……馬鹿騒ぎもいいけどな、どうせなら青春を謳歌したほうが良くないか？」

「いや、これも青春だろ？」

友達と一緒に、文化祭やクリスマス会などのイベントを楽しむ。

それも、一種の青春だ。

しかし、冬貴が言いたいことは違った。

「そうじゃなくて、青春と言ったらやっぱり恋愛だろ？」

「「あっ……」」

冬貴の言葉を受け、秋人は思わず夏実に視線を向けてしまう。

すると、夏実も同じタイミングで秋人を見たようで、バッチリと目が合ってしまった。

急激に恥ずかしくなった二人は、お互いバッと顔を逸らしてしまう。

赤くなった二人の頬を見たクラスメイト達は、息を呑んだ。

春奈以外の女子は期待したような面持ちで、冬貴以外の男子は悲痛な面持ちだった。

「高校生活ももう半分と少ししかないんだから、俺は悔いを残さないほうがいいと思うな」

冬貴は優しい表情で秋人にそう言う。

しかし、秋人は納得いかない表情を浮かべた。

「そういう冬貴だって、今まで彼女できたことがないだろ」

「誰かさんがさっさと作ってくれたら、俺も作れるかもしれないんだが？」

「はぁ？　なんだよ、その言い草は。まるで俺の面倒を見てるせいで彼女を作れない、とでも言いたげな言い方じゃないか」

「いや、そういうわけじゃないけど……まぁ、秋人はさっさと彼女を作ったらいいんじゃないか？」

自分の想いを周りに知られたくない冬貴はそう誤魔化しつつ、仕方なさそうに肩を竦めた。

「そう簡単に作れたら、誰も苦労しないぞ……」

現在、彼女いない歴イコール年齢の秋人は、呆れたように笑いながらソッポを向いた。

それによりとてつもない寒気が秋人を襲うのだが、寒気の正体がわからず、秋人は戸惑いながら周りを見回すのだった。

# 第三章 「女友達と水着」

「そういえば、みんな夏休みの予定ってあるの？」

昼休み——いつものように、春夏秋冬グループの面々は机をくっつけてお弁当を食べていると、ふと思い立ったように夏実が質問を投げてきた。

こういう場合、まず最初に答えを求められるのは秋人で、次に冬貴。

その次が夏実で、最後が春奈となっている。

これは、主に秋人たちの性格と、グループ内の立ち位置によって暗黙的に決まっていた。

「俺はほとんど母さんの手伝いかな。普段平日は夜しか手伝えないのに、結構遊ぶ時間をもらってるから、大型休みくらい手伝わないと」

秋人の家は自営業のため、秋人は家の手伝いをよくしている。

だけど、母親の方針で、学生のうちは学生らしいことをするよう言われていた。

だから、平日とかでも遊べるように、自由にしてもらえているのだ。

「秋人のお母さんって、喫茶店してるんだよね？」

「そうそう。だから何か予定があれば、お店の手伝いを休ませてもらう感じにすると思う」

秋人の母親は、秋人が幼い頃から喫茶店を営業している。

とはいえ、『飲食店営業』で許可を取っているので、紅茶やコーヒーなどの飲み物だけでなく、料理も提供をしているため、夜遅くまで営業をしているのだが。

「ふ〜ん……冬貴は？」

秋人の予定を聞いた後、夏実は冬貴へと質問を投げる。

「俺は塾かな。こういう大型休みは、塾の日数や時間が一気に増えるから」

「うひゃ〜、冬貴って平日も塾行ってて時々しか遊べないのに、夏休みまでするんだ……」

信じられない。

とでも言いたげな表情で言う夏実。

そんな夏実を、冬貴は呆れたような表情で見つめながら口を開いた。

「むしろ、こういう休みだからこそ頑張るんだよ。受験は早くから準備しておかないと」

「勉強ができると大変だね〜」

「他人事でいる夏実の将来が心配だよ。それで、夏実はどうなんだ？」

「う〜ん？　私は、帰省して――」

自分の番が回ってきた夏実は、去年と同じ夏休みの予定を口にしようとする。

親元を離れて一人暮らしをしている夏実は、こういった大型休みは帰省することになっていた。

そして実家で休みを満喫するのだけど、ふとここで思い留まる。

一つは、普段クラスの盛り上げ役である秋人と冬貴でさえ夏休みは頑張ろうとしているのに、自分一人遊んで過ごすのはどうなんだ、という考え。

もう一つは、帰省してしまうと、秋人と遊ぶ機会がないまま夏休みを終えてしまう、という考えだ。

夏休みはイベントがたくさんあるのに、去年それで夏実は凄く悔しい思いをした。

その時と同じ轍を踏んでもいいのか、という理性が夏実の言葉を留まらせたのだ。

「夏実は帰省するんだろ？」

言葉を途中でやめた夏実に対し、秋人は首を傾げた。

すると、夏実はブンブンと一生懸命首を左右に振って、急いで口を開く。

「うぅん、今年は帰らない……！」

「えっ？　帰らなくて大丈夫なのか……？」

ただでさえ、女子高校生が一人で暮らしているということは珍しいのに、その上帰省をしないと言いだしたので、秋人は夏実のことが心配になった。

「う、うん」

しかし、夏実は大丈夫という意味で首を縦に振った。

その様子に若干躊躇があったことから、秋人には夏実が無理していることがわかった。

「いや、夏休みくらいはちゃんと帰ったほうがいいんじゃないか？　夏実もお母さんとかに会いたいんだろ？」

「でも……こっちに残りたい……」

「夏実……」

　夏実が残りたいと言ったので、秋人は冬貴を見る。

　そしてアイコンタクトでお互いの考えを共有し、夏実に笑顔を向けた。

「そっか、じゃあ何か困ったことがあれば、遠慮なく連絡してくれたらいいから。夏実が困ってるなら、バイトがあっても手助けするよ」

「秋人……」

「まっ、折角の休みだし、親がいない環境で羽を伸ばしたい時もあるよな。これなら、みんなで夏祭りとかも行けるから、たまにはいいんじゃないか？」

「冬貴……」

　二人が後押しするように言ったことで、夏実は嬉しそうに頬を緩める。

「う、うん。みんなで、夏休みあそぼ……！」

　そして、春奈も取り残されないように話に加わった。

「春奈ちゃん……！　そうだね、いっぱいあそぼ！」

　普段遠慮しがちの春奈も誘ってくれたことで、夏実は元気よく頷いた。

　しかし――。

「あっ、でも……私も、塾がいっぱいある……」

　冬貴と同じ塾に通っている春奈は、当然塾の日程も冬貴と同じだった。

「うぅ……暇なの、秋人だけ……」

　春奈も塾の予定がいっぱいあると知り、夏実は悲しそうにする。

夏実にとって春奈は、女友達の中で一番の仲良しなので、沢山遊びたかったのだ。

「あれ？　おかしくないか？　俺、店の手伝いがあるって言ったよな？」

「でも、誘ったら都合を合わせてくれるんでしょ？」

夏実の言葉に不満を覚えた秋人が指摘すると、夏実はニコッとかわいらしい笑みを返してきた。

その笑顔に秋人は照れ、思わず目を逸らしてしまう。

「ま、まぁ、予め連絡をくれてたらな」

「よし、毎日空けといてね！」

「手伝いの時間ねぇじゃねぇか!?」

「あはは」

秋人がツッコミを入れると、夏実は楽しそうに笑った。

若干、浮かれているのだろう。

「とりあえず、夏祭りは絶対にみんなで行きたいよね」

本当なら、秋人と二人だけで行きたい。

そういう思いはあるものの、現状それは難しい。

それに、春夏秋冬グループでも夏祭りに行きたいという思いはあるので、ここはみんなで行くようにして夏実は話を進めた。

ただ、来年には二人きりで行ける関係になっていたい、と密かに思う。

「そうだな、毎年冬貴と二人だけで行ってたから、四人で行くのは楽しそうだ」

「まるで、俺と二人きりだとつまらないという言い方だな？」

「幼い頃から一緒だから味気ない」

「同感」

秋人と冬貴はお互い苦笑いを浮かべた。

「春奈ちゃんも大丈夫？」

「う、うん……！　お祭り、楽しみ……！」

秋人が声をかけると、春奈は頬をほんのりと赤く染めながら、はにかんだ笑顔を見せた。

どうやら春奈も行きたいらしい。

「じゃあ、夏祭りの日程は毎年ほとんど変わらないけど、一応確認してグループのチャットに貼っとくな」

「うん、よろしく秋人」

「任せとけ。後は、みんなのタイミングが合う日とかで、遊園地とか遊びに行くか？」

「遊園地!?　行く！」

秋人が遊園地を話題に出すと、夏実は目を輝かせて喰いついた。

それにより反射的に秋人は身を引いたが、気を取り直して笑顔で口を開く。

「そ、そうだな。行こう」

「やったぁ！」

秋人の返事を聞き、夏実は凄く嬉しそうに喜んだ。

その様子はまるで幼い子供のようで、秋人はかわいいと思ってしまう。

そんな秋人の気持ちに気が付かず、夏実は笑みを浮かべたままもう一つ要望を言ってきた。

「あと、夏っていえばやっぱあれだよね！　海！　みんなで海に行きたい！」

「「「「――っ!?」」」」

夏実が海に行きたいと言うと、クラス内にいる男子の視線が全部、夏実へと向いた。

その目はまるで、獣が獲物を狙っているかのように血走っている。

「海か、いいな」

周りの様子に気が付いていない秋人は、夏実の言葉にニヤッと笑みを浮かべる。

すると、男子たちの目が輝いた。

『秋人が乗り気になったのなら、俺たちにも声をかけてくれるかもしれない……！』と。

しかし――。

「海……水着……」

秋人が続けて何かを言おうとして口を開いたタイミングで、春奈が表情を曇らせた。

視線は自身の体へと向けられている。

「あっ、もしかして……春奈ちゃんは行きたくない……？」

春奈の様子に気が付いた夏実は、不安そうに春奈へと声をかける。

すると、春奈は首を左右に振った。

「夏実ちゃんたちとは行きたいけど……水着は、恥ずかしい……」

どうやら、水着姿になることに躊躇しているようだ。

春奈はグラビアアイドル並に胸が大きいため、どうしても注目を集めてしまう。

それがトラウマになっているのかもしれない。

「あぁ、水着の上から着れるパーカーとかもあるから、それを着るといいんじゃないかな？」

「えっ、そんなのあるの……？」

春奈の様子を見て秋人が提案をすると、春奈は驚きながら話に喰いついた。

だから、秋人は笑顔で頷く。

「うん、確かあったはずだよ。そうだよな、夏実？」

「うん、あるある！　そっか、そうすればいいんだね！」

秋人のバトンパスで、夏実は元気よく何度も頷いた。

そして、何かを思いついた表情をし、笑顔で口を開く。

「今日さ、春奈ちゃんも冬貴も塾お休みの日だよね？　放課後みんなで見に行かない？　新しい水着もほしいし！」

「おい、なんで俺には聞かないんだ？」

自分だけ予定について何も言われなかった秋人は、笑みを浮かべている夏実にツッコミを入れた。

しかし、夏実から返ってきた表情は、『何言ってるの？』とでも言いたげなものだ。

「秋人は、絶対来るでしょ？」

「まるで、俺がいつも暇してるみたいな言い方だな……。今日、手が空いてたら店の手伝いをするつもりだったんだけど？」

「ふ〜ん？　こないんだ〜？　せっかく、私たちの水着が見られるチャンスなのに、こなくていいんだ〜？」

秋人が断る雰囲気を見せると、夏実は意地の悪い笑みを浮かべて、挑発的な視線を向けてきた。

「いや、夏実はともかく、春奈ちゃんまで引き合いに出すなよ……」

しかし、そんな視線を向けられた秋人は呆れたように言い、夏実の視線を誘導するように春奈を見る。

その視線に釣られた夏実は、顔を真っ赤にして俯く春奈の様子に気が付いた。

「わわ、ごめんね、春奈ちゃん……！　大丈夫、さっきのは秋人を釣るための餌だから、本当は水着姿にならなくていいんだよ……！」

春奈に恥ずかしい思いをさせてしまった夏実は、慌ててフォローに入る。

すると、春奈は照れながらも、ニコッとかわいらしい笑みを浮かべた。

「だ、大丈夫。少し想像して、恥ずかしくなっただけだから……」

「そ、そっかぁ、よかったぁ」

春奈が大丈夫そうなので、安堵した夏実はホッと胸を撫でおろす。

そして、ふと思い出したかのように秋人に視線を向けてきた。

「それで、秋人は行くんだよね？」

「まぁ、行ってもいいのなら行くけど……」

「秋人ってなんだかんだムッツリよね」

「行くのやめるぞ？」

行くと答えた秋人だが、夏実がニヤケ顔でムッツリと言ってきたので、行くのをやめることにした。

すると、慌てたように夏実が縋りついてくる。

「わっ、待った待った！　ごめん、口が滑った！」

「それ全然謝ってないよな!?」

秋人にツッコミを入れられ、『しまった！』と言わんばかりに口を両手で押さえる夏実。

しかし、その目元はニヤついており、わざとやっていることが秋人にはわかった。

「くっ、こうなったら、水着姿を堪能しないと納得いかない……！」

あまりにも馬鹿にされているので、悔しかった秋人はそう漏らしてしまう。

すると、隣で話を聞いていた冬貴が呆れたように口を開いた。

「堂々と言うなよ、馬鹿。それと、海に行くのも水着を買いに行くのもいいけど、あまり大人数では行きたくないな。この四人で行くって認識でいいか？」

「もちろん、最初からそのつもりだけど？」

冬貴の質問に対し、夏実はキョトンとした表情で首を傾げて答えた。

それにより、クラス中から意気消沈した溜息が聞こえてくる。

「まぁ、大勢で行ったほうが楽しいけど、こういう場合は仕方ないよな」

秋人も、夏実の言葉に同意するように頷く。

周りの様子には気が付いたけれど、秋人にとっては春夏秋冬グループが一番大切なので、春奈のことを優先したのだ。

秋人はそのまま視線を春奈へと向ける。

「春奈ちゃんも、それでいいかな？」

「う、うん、そうだね。私もそっちのほうがいい」

春奈ははにかんだ笑顔で頷いた。

頬は赤く染まっているけれど、とても嬉しそうだ。

こうして、春夏秋冬グループ全員の意見が一致したが――他の男子たちからは再度溜息が漏れ、嫉妬の眼差しが秋人と冬貴に向けられるのだった。

◆

「――ねぇねぇ、秋人」

「ん？」

「それで、ほんとは私の水着姿、見たいの？」

放課後になると、夏実はニヤニヤとしながら秋人の耳元でそう尋ねた。

（まぁ、秋人のことだから素直には答えないでしょうけど、こうやって聞くだけでも私の水着姿を意識するはずだもんね）

そんな思惑を夏実が抱いていると、秋人は照れたようにソッポを向く。

そして――。

「まぁ、俺も男だし……見たいよ」

正直に、答えた。

「――っ！」

秋人の予想外の言葉を受けた夏実は、顔を真っ赤にして息を呑む。

その表情を見た秋人は、呆れたように口を開いた。

「なんで、聞いてきたくせに照れるんだよ……」

「だ、だって、秋人がそう答えると思わなくて……」

「これからは、あまり人を見くびらないことだな」

そう言う秋人だったが、顔は夏実と同じくらい赤い。

だから、周りの女子たちは（いいから、あんたらさっさと付き合いなさいよ）と、思った。

「むっ、絶対水着姿で照れさせてやる……」

「また変なこと考えてる……」

何やら夏実が意気込んでいるので、秋人は困ったように頬を指で掻いた。

その間にもクラスメイトたちは徐々に減っている。

部活だったり、塾だったり、遊びに行ったりと、放課後はみんな忙しいようだ。

クラスメイトたちが出て行く光景を見た秋人は、自分も帰る準備を始めた。

「じゃあ、行こうか」

秋人は帰り支度を終わらせると、春夏秋冬グループのメンバーに声をかけた。

「うん、行こ！」

当然、この時を楽しみにしていた夏実は笑顔で頷く。

「このまま行くのか？」

「ん？　あ～、俺と冬貴は家が近いから着替えてきてもいいけど、夏実と春奈ちゃんが手間になるだろ？」

冬貴が若干物言いたげな様子で聞いてきたので、秋人は困ったように笑いながらも思っていることを伝えた。

しかし、まだ冬貴は納得していないようだ。

「でも、水着買いに行くなら街中に出るんだし、私服のほうがいい気も……」

冬貴にそう指摘され、秋人は顎に手を当てて考え始める。

過去に、夏実と春奈を連れて遊んでいる時、秋人たちが離れた際に何度かナンパを受けたことがあった。

その際は戻ってきた秋人が追い返していたのだけど、制服で目を付けられた場合、下手をすると高校にまで来る可能性がある。

となれば、冬貴の言う通り私服のほうがよさそうだ。

「そうだな、冬貴の言う通りだと思う。夏実と春奈ちゃんも、ちょっと手間になるけど一度私服に着替えてくるってことでいいかな？」

「おっけ～」

「うん、いいよ」

秋人の問いかけに対し、二人は笑顔で頷いた。

それにより一旦皆家に帰り、その後私服に着替えて電車の中で待ち合わせをした。

◆

「――あっ、こっちこっち」

秋人と冬貴が電車に乗ると、一駅前から乗車していた夏実が手を振ってきた。

夏実のところに行くと、冬貴が夏実の前に座ったことから、秋人は夏実の隣へと座る。

「これ、どう？」

すると、待ってました、とでも言わんばかりに夏実が両手を広げ、自身の服を見せつけてきた。

そのため、秋人は上から下まで視線を巡らせる。

上は、白を基調としたフリルも付いているかわいらしい服。

フリルは襟元だけでなく、肩にも付いており、それより先は染み一つない白くて綺麗な肌が露わになっている。

逆に下は、シンプルな黒を基調とした、ミニスカートだった。

「随分と気合が入ってるな……。水着を買いに行くだけだろ？」

夏実の服装を見た秋人は、思わず首を傾げる。

まるでデートに行くような服装だ、と内心では思っていた。

「水着買ったらどうせ遊ぶでしょ？　だから、ちゃんとおめかしはしないと！」

「ふ～ん……」

「何、その微妙そうな顔？　ちょっと失礼じゃない？」

秋人の反応が芳しくないので、夏実は若干頬を膨らませてしまった。

そんな夏実に対し、秋人はソッポを向いて口を開く。

「いや、ナンパを追い払うのが大変そうだなって思っただけだよ」

「何よそれ……」

嫌そうな声を出した秋人に対し、夏実は不満そうにジッとその背中を見つめる。

折角頑張ってお洒落をしてきたのに、秋人がちゃんと見てくれないので不満を抱いていた。

しかし、そんな夏実を冬貴は物言いたげに見つめる。

「何？」

そして、冬貴の視線に気が付いた夏実が尋ねると、冬貴は窓の外へと視線を逃がした。

「いや、結構お互い様だよなって思っただけだよ」

「何それ……！　二人とも、言いたいことがあるならはっきりと言いなさいよね……！」

何か含みのある言葉を言った秋人と冬貴に対して、夏実はそう怒ってしまった。

その次の駅では、春奈が乗ってきたのだけど――。

「みんな、どうしたの……？」

明らかに雰囲気がおかしい三人を見た春奈は、戸惑ったように首を傾げた。

「別に、なんでもないよ」

そう言う夏実だけど、明らかに表情は拗ねている。

その拗ねた表情により、秋人が夏実の期待通りの反応をしなかったんだな、と察した。

「喧嘩は、だめだよ？」

春奈は空いている席である、秋人の前に座ると、上目遣いに注意をしてきた。

その際に、豊満な胸が強調されてしまったので、秋人は困ったように視線を逃がしながら口を開く。

「喧嘩はしてないよ？」

「そうなの？」

「うん」

「そっか、よかったぁ」

春奈は安堵したように胸を撫でおろす。

純粋で素直な春奈は、あっさりと秋人の言うことを信じたようだ。

そんな春奈の仕草に、秋人と冬貴は目を奪われてしまう。

しかし――。

「…………」

夏実が、全身から黒いオーラを全開に出して物言いたげな目で見つめてきたので、二人は慌てて目を逸らした。

「ほんと、男子ってサイテー」

唇を尖らせた夏実は、ジト目で秋人を見つめる。

春奈は状況をよくわかっておらず、小首を傾げてしまった。

弁解しようにも春奈がいる前では何も言えず、秋人たちは黙って責めの視線を受け入れるしかない。

「夏実ちゃん、怒ったらだめ、だよ……？」

秋人たちのことを不憫に思った春奈は、小首を傾げながら不安げに夏実に言った。

夏実は困ったように視線を彷徨わせる。

しかし、春奈がジッと見つめてくるので、困ったように笑みを浮かべた。

「そうだね、ごめん」

「んっ、みんな仲良く、ね？」

この中で一番おとなしくて優しいのは、春奈だろう。

だけど、そんな女の子だからこそ、秋人や冬貴、そして夏実は強く出ることができない。

ましてや、春奈は相手に喧嘩を売ったりするのではなく、みんなが仲良くすることを望んでいるだけなのだ。

その想いを無下にできる者は春夏秋冬にはいない。

「秋人君も、冬貴君も、悪いことをしたなら、ごめんなさい、しよ？」

夏実が謝ったことで、今度は秋人たちに謝るように促す春奈。

上目遣いで、かわいらしくおねだりをするような感じに言ってきている。

それにより、秋人と冬貴は顔を見合わせ、二人して夏実に頭を下げるのだった。

◆

「それじゃ、まずは水着を買わないとね」

岡山駅周辺にある大型ショッピングモールに着くと、夏実は笑顔で中へと入っていく。

秋人たちはその後ろに続き、やがて水着を売っているお店へとたどり着いた。

「去年海に行った時のがあるから、俺はわざわざ買わなくてもいいんだよな」

「同感。夏実たちが選んでくるのを待ってるよ」

男二人は水着を新調するつもりはないらしく、夏実たちが水着を選ぶのを待つことにしたようだ。

するると、呆れたように夏実が溜息を吐く。

「こういう時もファッションに気を付けないと、女の子にモテないぞ～？」

「いや、普段の私服はちゃんとしてるからいいだろ……」

挑発する夏実に対し、秋人は嫌そうに肩を竦めた。

夏実としては秋人の水着姿を見たかったのだけど、これ以上言っても聞かないのはわかっているので、諦めて春奈へと視線を移した。

「春奈ちゃんは新しいの買うよね？」

「うん……多分、去年のは入らなくなっているから……」

「…………」

春奈は照れたようにかわいらしい笑みを浮かべ、恥ずかしそうに自身の体に視線を落とす。

すると、夏実は目からハイライトを無くしてその仕草を見つめた。

そして秋人と冬貴は気まずくなり、ソッと二人から目を背ける。

「わ、私も、去年の入らなくなってるから……！　多分……！」

春奈の仕草に思うところがあった夏実は、若干顔を赤くしながらそう訴える。

そんな夏実に対し、春奈は困ったような笑みを浮かべた。

「うん、毎年新しいの買わないといけないから、大変だよね……」

悪意一つない、無邪気な笑顔。

その笑顔と言葉に対して、秋人と冬貴はこう思った。

(〔天然ってこえぇ……〕)

――と。

「み、水着、選んでくる……！」

「あっ、夏実ちゃん待って……！　私も行く……！」

この場にいるのが恥ずかしくなった夏実が顔を赤くしながら水着を探しに行くと、春奈は慌ててその後を追いかける。

残された秋人と冬貴は、お互いに視線を合わせた。

「ま、まぁ、夏実もスタイルいいから、大丈夫、だよな？」

「そ、そうだな。春奈ちゃんが別格ってだけだもんな」

「「……………まぁでも、ケーキを奢っておくか」」

二人は額に汗をかきながら笑顔で頷き、そしてご機嫌取りのために夏実へとケーキを奢ることにしたのだった。

「――秋人秋人、ちゃんとそこにいてよね？」

お店に入って水着を選んだ夏実は、更衣室に入りながら入口でそう秋人に言ってきた。

その隣では春奈も入ろうとしており、恥ずかしそうに頬を染めながら秋人を見ている。

「はいはい」

秋人はそう軽くあしらい、彼女たちがカーテンを閉めるのを見届けた。

しかし、内心疑問を抱く。

秋人は早速、その疑問を冬貴にぶつけてみた。

「なぁ、なんで結局二人とも水着になるんだ？」

確か記憶では、秋人を釣るために水着になると言っただけで、本当はならないという話をしていたはず。

それなのに、夏実と春奈が着替えているので、秋人は不思議でしかなかった。

「まぁ、着替えないとサイズがわからないんじゃないか？　特に、春奈ちゃんは」

「冬貴……お前、時々発言がアウトだよな」

「なんでだよ!?」

「このムッツリ眼鏡」

「ふざけんなよ!?」

秋人に白い目を向けられたことで、冬貴は怒って声をあげた。

すると、更衣室の中から別の声が聞こえてくる。

「こら！　二人とも何喧嘩してるの！　お店の中なんだから静かにしなさいよね！」

それは、現在着替えているはずの夏実の声だった。

夏実の声は澄んだ綺麗なもので、大きな声も相まって店内に響き渡る。

そのおかげで、若い女の店員さんたちにクスクスと笑われてしまった。

「秋人のせいだからな……？」

注目を集め、笑いものになったことで冬貴は恨めしそうに秋人を見た。

「まぁ……お互い様ってことで」

冬貴の視線を受けた秋人は笑って誤魔化した。

これ以上言い争うのは余計恥をかくだけなのと、冬貴が結構本気で怒っていたため、ふざけるのはよくないと思ったのだ。

冬貴は秋人から目を逸らし、夏実たちが出てくるのを待つ。

やがて、夏実側のカーテンが開いた。

「どう？　かわいい？」

出るところが出て、引っ込むところは引っ込むといったプロポーションのいい体をしている夏実は、自信ありげに水着姿を見せつけてきた。

夏実が現在着ているのは、上下ともに黒色の大人向けの水着。

どうやら、かわいさではなくセクシーさを求めて攻めてきたようだ。

（ふふ、いつもならかわいい系を選ぶところだけど、秋人に迫るならセクシー系のほうがいいよね。…………は、恥ずかしいけど……！　だってこの水着、なんかえっちじゃん……！）

そんなふうに夏実が考えている間、彼女を見ていた秋人は――。

「うん……恥ずかしいなら、無理をするなよ……？」

顔を赤らめながら、夏実に対して苦笑いを返した。

理由は、見せつけられた側の秋人だけでなく、見せつけた側の夏実も顔を真っ赤にしていたからだ。

「べ、別に、恥ずかしくないし……！」

「いや、顔真っ赤なんだけど……」

「う、うるさいなぁ！　それで、どうなの!?」

夏実は顔を真っ赤にしたまま、両手を頭の上で組んでグラビアアイドルみたいにポーズを取った。

それにより、目のやり場に困った秋人と冬貴はバッと目を背ける。

「ちょ、ちょっと……！　見てくれないとわからないじゃない……！」

「いや、見れるかよ……！　恥ずかしいだろ……！」

「いいから見てよ……！　見てくれないと、意味がないじゃん……！」

秋人が目を逸らしているので、夏実は頬を膨らませながら秋人の前に来る。

肌色多めの姿で目の前にこられて、秋人は顔を赤くしながら夏実の体を見つめた。

「授業で何度も見てるんだから、見れるでしょ……！」

「い、いや、だってあれ、スクール水着だし……」

「水着には変わらないでしょ！　それで、どうなの……!?」

かなりの恥ずかしさを感じている夏実は、若干やけになりながら再度ポーズをとる。

他の人の目があるところでいつまでも夏実にこんな姿でいられるのは困るため、秋人は我慢して夏実の上から下まで視線を這わせる。

「うん、似合ってると思う……」

「そ、そう。まぁ、私だからね。似合って当然よね」

秋人の言葉を聞くと、夏実は満足げにウンウンと頷いた。

しかし、そんなふうに頷く夏実の目はテンパったようにグルグルと回っている。

水着姿をアピールするという普段は絶対にしない行為をし続けたことで、羞恥心はとうに限界に達していたのだ。

「ま、まぁ、まだ他に水着はいっぱいあるし、もっと似合うのもあるかもしれないから、別の探してくる……！」

これ以上耐えられなくなった夏実は、水着姿のまま逃げるように他の水着を取りに駆け出してしまった。

「あっ、おい！　それはお店に迷惑だろ!?」

一人で何着も試すということは、その分更衣室を占拠してしまうだけでなく、着るだけになってしまう水着がたくさん出てくる。

だから秋人は止めようとしたのだけど――。

「――いえいえ、大丈夫ですよ～。いろいろ着てみてくださいね～」

思わぬところから、夏実の行動を後押しする声が聞こえてきた。

秋人が声のしたほうを見ると、そこには笑みを浮かべる店員のお姉さんが立っていた。

「だ、大丈夫なんですか？　あの子、調子に乗ると何着も着ちゃいますよ……？」

「ふふ、いいんです。どうせ他にお客様はいないんですし、彼氏さんに見せつけようとしているところがかわいいではないですか」

店員のお姉さんは、ニコニコと笑みを浮かべたままそう答えた。

どうやら、よくわからないまま夏実は彼女に気に入られたようだ。

しかし——。

「いや、彼氏じゃないんですが……」

秋人は夏実の彼氏ではないので、それを否定する。

すると、お姉さんは一瞬驚いたように目を見開いたけれど、すぐにニコニコの笑顔に戻って口を開いた。

「それは、なおのこと素晴らしいですね。ちゃんと水着姿を見て、褒めてあげてくださいね」

「はぁ……」

「では、私は業務に戻ります」

お姉さんはそれだけ言うと、戸惑う秋人に対して手を振って離れていった。

「な、なんだったんだ、あの人……？」

取り残された秋人は、戸惑いながら冬貴を見る。

しかし、冬貴もお姉さんの行動に首を傾げた。

「さぁ……？」

そうして二人が困惑していると、夏実が別の水着を持って更衣室に入ってしまった。

だから秋人は思考を切り替え、今度は夏実の行動について考える。

「どうして、あそこまでするんだろ……？」

顔を真っ赤にしてまで水着を見せてくる夏実に対し、秋人はその理由を冬貴に尋ねた。

だけど、冬貴は呆れた表情を返してくる。

「それ、俺に聞くことなのか？」

「いや、他に誰に聞けと……？」

「まぁいいけどさ。いい加減、もっと自分に自信を持てよ」

「なんの話だ……？」

「さぁな」

冬貴はそれ以上答えるつもりはないのか、春奈が入っている更衣室のほうへと、視線を向けた。

だから秋人も話しを続けるのはやめ、冬貴の視線を追うように同じ方向を見る。

「そういえば、春奈ちゃん遅くないか……？」

「着替えるの、手間取ってるのかな？」

「う～ん……」

最初に夏実と同じタイミングで入ったのに、春奈は一向に出てこないので二人は心配になってきた。

しかし、当然心配だからといってカーテンを開けるわけにもいかない。

「まぁ、春奈ちゃんだから、恥ずかしくて出てこられないんだろ。急かさず、自分のタイミングで出てくるのを待とう」

春奈とは中学時代からの付き合いなので、もうどういう子かはなんとなく理解していた。

水着に着替えようとしていることだけでも意外なほどに、恥ずかしがり屋な女の子だ。

いざ水着に着替えたものの、秋人たちの前に出られずにいるのだろう。

そこまで理解をして、秋人は待つことにした。

「そうだな……」

しかし、早く春奈の水着姿が見たい冬貴はソワソワとしており、それを見た秋人は（やっぱりこいつ、ムッツリ眼鏡だよな……）と思ってしまう。

この後、夏実が三着ほど着たところで、春奈はゆっくりとカーテンを開けた。

「ど、どうかな……？」

恥ずかしそうに両手で胸元を押さえ、顔どころか全身を真っ赤に染めながら出てくる春奈。

体はモジモジとして落ち着きがなく、若干涙目で秋人たちを見つめていた。

「えっと……」

そんな春奈を見た秋人と冬貴は、言葉を失ってしまう。

まるで、見てはいけないものを見ているような感じだ。

春奈が身につけているのは控えめなデザインの水着なのに、春奈の容姿と態度がそう思わせた。

「…………」

顔を赤くして春奈を見つめる秋人を見た夏実は、頬を膨らませて拗ねたように秋人を見つめてくる。

「変、かな……？」

秋人たちから何も返事がないからか、春奈は不安そうに上目遣いで秋人に尋ねた。

すると、我に返った秋人が慌てて笑みを浮かべながら口を開く。

「い、いや、凄くかわいいと思うよ」

春奈の水着姿に対して、秋人は素直な感想を伝える。

すると――。

「～～～～っ！」

春奈は全身を真っ赤にした状態で、バッとカーテンを閉めてしまった。

「……え？」

いったい何が起きたのか。

全く理解できない秋人は、困惑したように冬貴へと視線を向ける。

「今、俺悪いこと言った……？」

「知るかよ」

秋人が声をかけると、冬貴は嫉妬をした目を向けてきた後、プイッとソッポを向いてしまった。

それにより、更に秋人は困惑する。

「なんで怒ってるんだよ……？」

「別に、何も怒ってない」

「怒ってるだろ……？」

長年の付き合いだけあって、冬貴が怒っているかどうかはすぐに判断ができた。

だけど、どうして怒ったのかが秋人にはわからない。

春奈が自分に聞いてきたのが気に入らなかったのか、それとも春奈の水着姿を見られなくなったから怒っているのか。

どちらにせよ、冬貴はそれくらいで怒るような器の小さい人間ではない認識だったので、秋人は答えを導き出せないでいた。

そんな秋人に対して、別の水着へと着替えた夏実が近付いてきた。

頬は、先程よりも膨れている。

「な、夏実？　どうした？」

まるで相手を威嚇するフグかのように頬をパンパンに膨らませた夏実を前にし、秋人は若干頬を赤らめながら声をかける。

すると、夏実は拗ねた表情のまま口を開いた。

「私の時は全部似合ってるだったのに、春奈ちゃんには凄くかわいいって言った……！」

どうやら夏実は、自分と春奈に対する感想が違ったことを根に持っているようだ。

それに気が付いた秋人は、困ったように口を開く。

「いや、似合ってるっていうのも褒め言葉なんだけど……」

「でも、凄くかわいいとは全然違う……！」

褒め言葉と聞いても納得がいかないようで、夏実は水着姿のままポカポカと秋人の胸を叩き始める。

そのせいで胸が大きく揺れており、秋人は目を奪われながらも困ってしまう。

「な、夏実も凄くかわいいから！　だからそんな怒るなって！」

あまりにも刺激的だったので、秋人は咄嗟にそう叫んでしまった。

それにより、夏実はピタッと体を止める。

そして、上目遣いに秋人を見上げてきた。

「わ、私、凄くかわいい？」

「か、かわいいから！　だからもう離れろ！」

水着姿の夏実が耐えられなくなった秋人は、顔を真っ赤にして夏実を遠ざけた。

そして夏実の顔を見ると、へにゃぁ、という効果音が見えそうなほどにだらしない笑みを浮かべている。

それにより秋人は、思わず息を呑んでしまった。

しかし、何かを言おうとする前に、後ろからまたあの声が聞こえてきた。

「本当に、とてもかわいらしいですよね～」

「――っ⁉」

先程、夏実の後押しをしていた店員のお姉さんが幸せそうな笑みを浮かべて立っており、声をかけられた秋人と夏実は驚いたように肩をビクつかせる。

お姉さんはそんな二人のことを、まるで尊いものでも見るような目で見つめてきた。

「末永く、仲良くしてくださいね♪」

そして、それだけ言い残して去っていった。

「あ、相変わらずいきなり出てくるな、あの人……。と、とりあえず、夏実はもう着替え――夏実？」

店員さんの行動に困惑しながら話しかけると、夏実は両手を頬に添えて俯いていた。

「あっ、えっと……服、着替えてくる……」

声をかけられたことに気が付くと、夏実は慌てたように更衣室へと戻っていく。

「また、俺何か変なこと言ったか……？」

夏実が急に更衣室に戻ってしまったので、秋人は再度冬貴に尋ねる。

すると、冬貴は納得がいかないような表情を浮かべていた。

「秋人って俺のことを羨ましがるけどさ、俺は秋人のほうが羨ましいよ」

「さっきからなんの話をしてるんだよ？」

「いいや、別に。ただ、世の中不公平だよなって思っただけだよ」

「はぁ……？」

世の中不公平だという冬貴に対し、秋人はツッコミを入れたくなってしまった。

勉強が凄く出来るだけでなく、イケメンでクールなところがかっこいいと、幼い頃からモテている冬貴。

神にでも愛されているのか、と思えるほどに恵まれている男が何を言っているのか、と秋人は思ってしまった。

「あんまりそういうこと言わないほうがいいぞ？　周りの男子から恨まれる」

「まぁどう捉えようといいけどさ、あまり卑屈になってると将来とんでもない後悔をすることになるぞ？」

「なんだよ、言いたいことがあるのならはっきりと――」

「――喧嘩、してるの……？」

「「――っ！」」

冬貴の言い方に思うところがあった秋人が聞き出そうとすると、いつの間にか着替えを終えた春奈が秋人たちの傍に来ていた。

そして不安げに見上げてくるので、二人は慌てて笑顔を作る。

「ち、違うよ、春奈ちゃん！　ほら、いつも通りふざけあってただけだから！」

「そうそう！　俺と秋人が軽い言い合いをするのはいつものことでしょ？」

「そっかぁ、よかったぁ」

秋人たちが笑顔で取り繕うと、春奈はかわいらしい笑みを浮かべて胸を撫でおろした。

その様子を見て秋人たちはホッと息を吐き、そしてお互いの視線を交差させる。

『とりあえず、もうこの話は終わりだ』

『あぁ、春奈ちゃんを不安にさせるわけにはいかないからな』

そういう意味を込めてアイコンタクトを取った後、二人はコクリと頷いた。

「それで、春奈ちゃんはさっき着た水着にするの？」

「う、うん……。これが、いいかなって……」

「そっか、じゃあお会計してきなよ」

「うん……！」

春奈は、秋人の言葉に対し嬉しそうに頷いた。

その後、ご機嫌な様子で首を左右に振りながら、レジへと水着を持っていく。

「さて、後は夏実だけど……」

「まぁ、もうあの水着を買うだろうな」

「なんでわかるんだ？」

「逆になんでわからないんだよ……」

秋人が首を傾げると、冬貴は呆れたように溜息を吐いた。

だから秋人は文句を言いそうになるものの、先程の春奈の手前、言い合いをするわけにはいかない。

そのため、グッとこらえて夏実が出てくるのを待つことにする。

——結局、更衣室から出てきた夏実は、先程着た水着を嬉しそうにレジへと持っていき、秋人は冬貴に感心するのだった。

◆

春夏秋冬グループの四人は、秋人と夏実を先頭にし、その後ろを春奈と冬貴が歩くという形でショッピングモール内にある喫茶店を目指していた。

これは、夏実が早々に秋人の隣を歩き始め、そのタイミングで冬貴が春奈に声をかけたことによって生まれた陣形だ。

春夏秋冬グループが出来て以降、この光景はよく見られた。

「ねね、海いつ行けるかな？」

水着も新調し、秋人にも褒めてもらえた夏実は嬉しそうに頬を緩ませながら、秋人に話しかけてきた。

その人懐っこい笑みを見た秋人は、夏実のことをかわいいと思って見惚れてしまう。

「秋人？」

だけど、再度夏実に声をかけられたことで、秋人は我に返った。

「いや……とりあえず、冬貴と春奈ちゃんの塾次第かな。俺は前も言ったけど、予めわかっておけば予定を空けられるからさ」

「そっかぁ、早く行きたいね？」

「そうだな」

ニコニコの笑みを浮かべる夏実に対し、秋人は笑顔を返す。

海といえば、夏休みの一大イベント。

当然イベントや祭りが大好きな秋人は、海のことを考えると今から血が騒いでしまう。

「秋人は毎年海に行ってるんだよね？」

「あぁ、そうだな。夏実は違うのか？」

「私、あまり行ったことない。お母さんやお義父さんはいつも忙しいからね」

そう答えた時、ふと夏実は悲しそうに目を伏せた。

忙しいから、あまり遊びに連れて行ってもらえないのだろう。

そんな夏実を見た秋人は、明るい笑顔で口を開く。

「そっか……じゃあ、思う存分楽しまないとな」

「うん！」

秋人の言葉に対し、夏実はとても嬉しそうに笑みを浮かべた。

夏実の家のことについて、秋人はほとんど聞いたことがない。

わざわざ一人暮らしをしていることから何か事情があるんじゃないかと思い、夏実が言わない以上踏み込まないでいるのだ。

その代わり、夏実が何かを望んだ時は精一杯力になろうと考えていた。

今回も、夏実が海を楽しみにしているようなので、秋人は夏実を楽しませられるように頑張ろうと思った。

「そういえば、秋人って冬貴以外に幼馴染みいたって言ってたじゃん？」

一旦話に区切りがついたからか、急に夏実は別の話を振ってきた。

しかし、その言葉が聞こえてきた冬貴と春奈は、驚いたように夏実を見る。

「ん？　そうだけど？」

「どういう子だったの？」

後ろから向けられる冬貴たちの視線に気付かず、夏実は何かを期待するように秋人の顔を見上げた。

夏実に質問をされた秋人は、口元に指を当ててその答えを考える。

「簡潔に言えば、明るくて笑顔がかわいい女の子、かな」

秋人は過去を懐かしむように、笑顔で夏実へと答えた。

すると、夏実は顔を赤く染めて俯いてしまう。

「どうした？」

夏実が急に俯いてしまったので、秋人は心配したように尋ねる。

「べ、別に、なんでもない。それよりも、簡潔にあらわさなければどうなの？」

夏実は顔を見られないよう俯いた状態で、更に秋人から聞き出そうとする。

当然秋人は夏実の様子に違和感を覚えるが、彼女が最近たまにおかしくなるのは知っているので、特にツッコむことはしないことにした。

「う～ん……難しいな。よく笑う子だったけど、結構怒る子でもあったかな？」

「何、その印象……？」

「いや、俺が怒られてたってよりも、冬貴がよく怒られてたんだけど……。今思うと、嫉妬してたのかな？　俺が冬貴と遊んでると毎回冬貴から俺を引き離して、怒ってたから。なっ、そうだよな？」

この感想を共有できる当事者が傍にいるので、秋人はなにげなしにその当事者へと話を振った。

しかし、話を振られた本人――冬貴は、なんでこのタイミングで話を振ってくるんだ、という嫌そうな顔を浮かべる。

「なんで、そんな嫌そうな顔をしてるんだよ……？」

「いや……」

冬貴は返事を濁しながら、チラッと夏実に視線を向ける。

すると、夏実はニコニコの笑顔で冬貴を見つめていた。

しかし、当然その笑顔はただの笑顔ではない。

「昔のことだし、秋人の思い違いじゃないか？　普通にかわいくて、優しい女の子だったよ」

夏実の笑顔が何を意味しているか察した冬貴は、困ったように笑ってそう答えた。

それにより、秋人は首を傾げてしまう。

「あれ、そうだっけ……？」

「ふふ、秋人の勘違いなんだね。記憶力のいい冬貴が言うなら間違いないと思うなぁ」

秋人が迷ったことをいいことに、夏実はここぞとばかりに後押しをする。

「まぁ、確かに……冬貴がそう言うのならそうだったかな……？」

そして、自分よりも冬貴の記憶力を信じている秋人は、そうだったかもしれないと思い直した。

「ねね、それよりも他にはないの？　ほら、冬貴がいなくてその子だけとの思い出とか？」

「う〜ん、とはいっても、大抵冬貴も一緒にいたからな……」

秋人の記憶では、冬貴と遊んでいるとその幼馴染みの子が入ってくる、というのが日常的だった。

だから、冬貴がいないという状況がうまく思い出せない。

「…………」

自分よりも冬貴との記憶が強かったことにより、天を仰ぐ秋人の隣で夏実は恨めしそうに冬貴を見つめる。

当然、何も悪いことをしていない冬貴はブンブンと首を左右に振るが、夏実は物言いたげな目をやめなかった。

そんな二人のやりとりを見ている春奈は、どうして秋人は気が付かないのか不思議に思うのだった。

◆

「――そういえば、夏休みにたくさん遊ぶとなると、やっぱりお金がいっぱい必要よね……」

喫茶店で飲み物を注文した後、ふと思い立ったように夏実がそう呟いた。

それを聞いた秋人と冬貴は、物言いたげな目で夏実を見つめる。

「な、何よ？」

「いや、一番お金に困らなさそうな奴が何を……」

夏実がいいところのお嬢様、というのは学校中で知られる周知の事実。

当然いつも一緒にいる秋人もそのことを知っているので、ツッコミを入れずにはいられなかった。

「別に、私がお金をたくさん持ってるわけじゃないし……！」

「でも、お小遣い毎月結構もらってるよな？　というか、クレジットカードを渡されてたと思うけど？」

秋人は今まで何度か、夏実がクレジット払いをしているところを見たことがある。

先程の水着だって、クレジットカードで買っていたはずだ。

だから疑問に思ったのが、夏実は気まずそうに目を逸らしながら口を開いた。

「それとこれとは話が別っていうか……ほら、やっぱり夏休み好き放題遊ぶために、親が稼いだお金を使うのはどうなのかなって……」

「「…………」」

「だから、その物言いたげな目は何よ!?」

思っていることを言っただけで、信じられないものを見るような目で見られた夏実は、思わずツッコミを入れてしまった。

「いや、だってな……」

「あぁ、夏実いつも結構使ってるよな？　ほら、お洒落は女の命、とか言って。この前遊びに行った時も、服いっぱい買ってたし」

「それとこれとは話が別でしょ!?」

「…………？」

秋人と冬貴もお洒落には気を遣うけれど、出来ればなるべくお金をかけたくはないと思っている。

だから、夏実みたいにこういう組み合わせがいいから、とか、今はこれが人気だから、という理由でなんでもかんでも買ったりはしない。

要は、価値観が違うので夏実の言っていることが理解できなかったのだ。

「ね、春奈ちゃんならわかってくれるよね？」

秋人たちには自分の考えが理解されない。

そう思った夏実は、同じ女の子である春奈へと声をかけた。

しかし、春奈は困ったように視線を彷徨わせる。

「えっと……そう、だね……」

「ほら！　春奈ちゃんもこう言ってる！」

「いや、今の反応明らかに気を遣ってただろ。春奈ちゃん、俺たちと遊びに行ってる時全然服買わないしさ」

「………」

秋人に指摘をされ、夏実はプクッと頬を膨らませて不満そうに秋人を見つめた。

「別に、お洒落に金を使いたいっていう、夏実の考えを否定したいわけじゃない。だから、拗ねるなよ」

頬を膨らませて不満を訴えてくる夏実に対し、秋人は困ったような笑顔で宥めようとする。

だけど、夏実は不満そうに尖らせたまま口を開いた。

「でも、さっきから文句言ってた」

「いや、別にそういう意味じゃなくて……まぁ、人それぞれ持ってるお金とか違うんだから、考え方が違うのは仕方ないと思う」

「やっぱり批難してない？」

「違うって。夏実が買うことに対して、文句なんて一度も言ったことないだろ？」

「その代わり、もっとどうしたらいい、という意見をくれたこともない」

「いや、女物はわからないから……」

似合うかどうかは答えられるけれど、アレンジに関して秋人はアドバイスをしない。

もちろん、どうしたらよくなりそうか、というのが本当にわからないわけではなかった。

ただ、せっかく夏実が好きで選んでいるものに関して、自分の意見で変えてしまうのをいいと思っていないのだ。

だから、秋人は夏実に聞かれても答えないことにしていた。

しかし、秋人の好みに合わせたい夏実としては、それがもどかしい。

秋人の前でよく服を買うのも、秋人の表情の変化からどういうのが好みか、どういうのが反応いいかを見極めているからなのだ。

「なぁ、話ずれてないか？　夏実、お金に関して何か思うことがあるのか？」

このままでは夏実が愚痴り始めそうだ。

そう感じ取った冬貴は、話の軌道修正に入った。

「あっ、そうだった。今年は折角こっちに残るんだし、何かバイトを始めてみよっかなって思ったの」


「「夏実が、バイト……!?」」

「こら！　あんたらさっきから失礼すぎでしょ！」

声を揃えて驚愕する秋人と冬貴に対し、夏実は顔を赤くして怒ってしまう。

「いや、だって……」

「なぁ……？」

「ねぇ、言いたいことがあるならはっきり言いなさいよ。ほら、怒らないから早く」

顔を見合わせる秋人たちに対し、夏実はニコッと笑みを浮かべて先を促す。

しかし、額には怒りマークが浮かんでいた。

「それ、言ったら怒るやつだろ」

「いいから、言いなさいよ！」

「まぁ……夏実が、バイトをしてる姿が想像できない」

ここは素直に言わなければ怒られる。

それがわかっている秋人は、おとなしく答えることにした。

「ねぇ、秋人って私のことなんだと思ってるわけ？　怠け者とでも言いたいの？」

しかし、夏実は怒りを我慢するように笑みを浮かべて秋人に尋ねる。

秋人はそんな視線を受け取め、ツゥ――と冷たい汗が背中を流れるのを感じていた。

「そうじゃなくて、夏実って意外と不器用だから……」

「失礼ね!?　事実だけど！」

「認めるのか」

ツッコミを入れながらもあっさりと認めた夏実に対し、秋人は思わず苦笑いを浮かべてしまう。

「そりゃあ、まぁ……散々お見苦しいところを見せてきたわけだし……」

伊達に一年以上一緒にいたわけではなく、一緒にいるようになってから秋人は夏実のフォローをよくしていた。

調理実習では、猫の手さえも知らない夏実が切った野菜のバランスが悪い塊を、秋人が細かく切りわけたり、科学の実験では、マッチに火をつけることができずに秋人に代わってもらうなど、全てを挙げるとなるとキリがないほどだ。

「う〜ん……ごめん、ちょっと茶化しすぎた。別に不器用が悪いってわけじゃないんだし、バイトしたいならしたほうがいいと思う」

夏実の様子を見て結構気にしていることを察した秋人は、先程と打って変わったように笑顔で夏実の後押しをし始めた。

しかし、それはそれで不満そうに夏実は見つめてくる。

「不器用はだめなことでしょ……？」

「いや、この世に不器用な人がどれだけいると思ってるんだよ。それに、仕事とかって器用さが求められる作業よりも、器用さが求められない作業のほうが圧倒的に多いだろ？　器用さはアドバンテージになるかもしれないけど、否定的なことではないと思うんだ」

秋人も、伊達に幼い頃から母親が開く喫茶店で人を見てきてはいない。

過去にはどうしようもないほどにおっちょっこちょいの人もいたけれど、そんな人でも喫茶店を経営する上で大事な戦力だった。

だから、秋人はそこまで重く受け止めることではないと考えている。

「それに、夏実は高校に入るまではほとんどのことは周りがやってくれてたんだろ？」

「う、うん……」

「だったら、できないことのほうが多くて当然なんだよ。これから、できるようになっていけばいいんだ」

「………」

秋人が自分の思っていることを伝えると、夏実は俯いてしまった。

「夏実？」

「んっ……なんでもない」

秋人の呼びかけに対して夏実は首を左右に振るけれど、顔を上げようとはしない。

だから秋人は不安になって冬貴を見るものの、冬貴は若干優しさが混じる困ったような笑みを浮かべて夏実を見つめていた。

隣に座っている春奈が夏実の横顔を見ると、夏実の顔は真っ赤に染まっている。

どうやら、秋人の言葉が嬉しかったようだ。

春奈はそんな夏実のことをかわいいと思うと同時に、やはり邪魔はできないと思ってしまった。

「大丈夫か？」

「う、うん、大丈夫」

若干赤みが残った顔を上げた夏実は、ちょうどきた紅茶を受け取りながら頷いた。

そして、紅茶に沢山のシロップを入れながら、秋人と冬貴を交互に見る。

「それで、バイトどこかいいところないかな？」

この春夏秋冬グループでアルバイトをしていないのは夏実と春奈だけで、実は冬貴も塾がない時にアルバイトを入れたりしていた。

だから、アルバイトを経験している二人に夏実は尋ねたのだ。

「とは言っても……」

秋人は夏実に合うバイトを考えるが、うまく思い浮かばない。

見た目を全面的に押し出したバイトが夏実に合いそうだと思うものの、そんなことを言えば夏実に怒られてしまう。

そして、友達である以上、身の危険がありそうなことは勧めたくなかった。

「そういえばさ、秋人のところ今度大学生のバイトの人が辞めるって言ってなかったか？」

ふと、何かに気が付いた表情をした冬貴が、今も考えていた秋人に話を振ってきた。

「えっ、そうなの!?」

そして、秋人が答えるよりも早く、夏実が身を乗り出して喰いついた。

「あぁ、そうだけど……」

「ふ、ふ～ん、じゃあ、人手足りてないんじゃない？」

秋人の返事を受け、夏実は何かを期待するようにソワソワとし始める。

冬貴と春奈は、そんな夏実を（わかりやすいなぁ……）と思って見ていた。

「いや、さすがに一人抜けたくらいじゃ、人手が足りなくなるほどは困ってないけど……。もし困ってたら、俺がシフトに入ればいいだけだし」

秋人がそう答えると、途端に夏実はシュンとしてしまった。

さすがの秋人も、面と向かってこんな態度を取られれば、夏実が何を考えていたのかはわかる。

「まぁでも、夏実がうちで働きたいんだったら、母さんに紹介しようか？」

「えっ、いいの……？」

「あぁ、人手が多いと余裕ができるし、夏実だったら人柄を知ってる分やりやすいからな」

秋人はニカッと笑みを浮かべた。

それを見た夏実は一瞬目を輝かせたが、何かを思い出したようにまたシュンとしてしまう。

「どうした？」

「私……不器用だよ？」

どうやら、夏実は秋人に言われたことを気にしているらしい。

「それを引っ張るなよ……。やってもらうとしたらホールだから、器用さなんて関係ないぞ。お客様に好かれるように、明るく接客をしてくれたらいいから、そういうのって夏実の得意分野だろ？」

夏実のコミュ力は学年でも上位に入るレベル。

だから秋人は、そのことにおいて全幅の信頼を寄せていた。

「ま、まぁ？　私からすれば、確かに余裕かな？」

秋人に褒められたのが嬉しかったのか、途端に夏実は調子に乗り始める。

そんなお調子者を見た春奈は、（大丈夫かなぁ……）と心配になった。

「おい、秋人。話を振っておいてなんだが、大丈夫か？　夏実、全力でフラグを立ててる気しかしないぞ？」

調子に乗った夏実を見た冬貴は、若干眉を顰めながら秋人を見る。

「フラグって何？」

こういう知識に疎い夏実は、不思議そうに小首を傾げたのだけど、秋人はそんな夏実に対して苦笑いを浮かべる。

「まぁ、何か起きたら俺がフォローするから、いいよ」

先程夏実を悲しませてしまった秋人は、特にツッコミは入れずフォローする姿勢を見せた。

それに対し、春奈が笑顔を見せる。

「秋人君は、優しいよね」

「えっ？」

急に春奈に優しいと言われたので、秋人はキョトンとしてしまう。

すると、春奈はカァーッと顔を赤くし、俯いてしまった。

体をモジモジと擦らせて、落ち着きなく両手の指を合わせている。

「あれ……？」

春奈が急に俯いてしまったので、秋人は戸惑ったように冬貴に視線を向けた。

「俺、何か変なこと言った？」

「いや、今ほとんど喋ってなかっただろ」

「だよな……」

どうして春奈に顔を逸らされたのかわからず、秋人は戸惑ったように春奈を見つめる。

しかし、春奈は顔を上げようとはしない。

それにより、隣に座っていたせいで春奈の顔色の変化に気付かなかった夏実も、不思議そうに春奈の顔を覗き込もうとした。

だけど――そのタイミングで、冬貴が夏実へと声をかける。

「まぁ秋人がフォローしてくれるんだったら、夏実も安心して働けるよな？」

「えっ？　あっ、そうだね」

不意打ちを喰らった夏実は一瞬反応が遅れたが、冬貴の言葉に笑顔で頷いた。

「じゃあ、夏実のバイト先は秋人の家がやってる喫茶店で決定、ということでいいのか？」

「あぁ、そうだな。とりあえず母さんにはオーケーもらわないといけないけど……まぁ、夏実なら大丈夫だろ」

昔、よく遊んでいたあおばちゃんという女の子は、秋人の母親のお気に入りだった。

だから、そのあおばちゃんによく似ている夏実なら、きっと気に入られるだろうと秋人は判断したのだ。

「春奈ちゃんはどうする？　もしバイトしてみたいなら、母さんにお願いするけど？」

夏実がアルバイトをするのであれば、春奈もやりたがっているかもしれない。

そう思った秋人が話しかけると、春奈は嬉しそうな表情で顔を上げた。

しかし――。

「あっ――やりたいけど……私、冬貴君と違って要領悪いから……アルバイトと塾、掛け持ちはできない……」

自分には無理だ、と判断をして表情を曇らせてしまった。

「それに、お父さんが許してくれないかも……」

「あぁ、春奈ちゃんの家って結構厳しそうだもんね」

厳しいというか、過保護というのか。

春奈の家は門限が決まっており、遊ぶ時は十八時までに家に帰らないといけない。

塾の帰りも親が迎えに来ているようで、見た目がかわいくて幼いため、親が子離れできないのだろう。

「ごめんね……？」

折角誘ってくれたのに断ってしまった。

そう思った春奈は、上目遣いで秋人の顔色を窺いながら、申し訳なさそうに謝った。

しかし、そんな春奈に対し、秋人は優しい笑顔を返す。

「いや、気にしなくていいよ。もし春奈ちゃんが働きたいってなったら、声をかけてくれたらいいから。その時は、母さんに紹介するよ」

「秋人君……ありがとう……」

秋人の言葉を聞き、春奈は嬉しそうに頬を緩ませた。

しかし、その隣にいる夏実は、なんだか不服そうな表情を浮かべている。

「どうかした？」

夏実がジト目を秋人に向けてきたので、秋人は若干戸惑いながら夏実に声をかけた。

「いや、なんとなく前から思ってたんだけど……秋人って、妙に春奈ちゃんに優しくない？」

「えっ、そうかな？」

「うん。声とか、私より少し優しめだし、表情もなんだか柔らかい」

「う～ん……？」

夏実に指摘をされた秋人だが、思い当たる節がないので首を傾げてしまう。

すると、夏実は拗ねたような目でジッと見つめてきた。

「…………」

「夏実がそう思ってるだけだって。秋人は夏実にも同じような対応してるぞ」

この空気はよくないな。

そう思った冬貴が、夏実と秋人の間に入った。

「えっ、全然違うでしょ？」

「自分のことじゃないから、そう見えるだけだって。春奈ちゃんだって、さっき秋人のことを優しいって言っただろ？」

「そういえば……あれ？　でも、あれって……表情や声色じゃなくて、対応のことだよね？」

「一緒だって。それに、対応で優しくされているのならいいんじゃないか？」

「それは、まぁ……確かに」

納得しそうで納得しなかった夏実に対し、冬貴はゴリ押しをする。

それにより、夏実は首を傾げながら一応納得をした。

「えっと、ありがとうな、冬貴」

よくわからないけれど、とりあえず冬貴が場を収めてくれたので、秋人は小声でお礼を言った。

すると、冬貴は首を左右に振って仕方なさそうに笑みを浮かべる。

「いいさ、もう慣れた」

「慣れたのか……？」

若干疲れが見える笑みを浮かべた親友を前にし、秋人は息を呑む。

そして――そんな機会がいうほどあったのか、と自問自答をするのだった。

# 第四章　「女友達と初めてのアルバイト」

「――母さん、話があるんだけど」

家に帰ってから喫茶店の手伝いを終えた秋人は、従業員が皆帰った後に母親へと声を掛けた。

「何、改まって？　まさか、赤点を取ったとか言わないわよね？」

「違うよ！　テストまだ先だし！」

いきなりテストの話を持ち出され、秋人は若干ムキになりながら否定をする。

「そうじゃなくて、真面目な話だよ！」

「テストも真面目な話よ？　背伸びしていい高校に入ったんだから、いつ赤点をとってもおかしくないもの」

「息子をもっと信用したらどうなの!?」

「いつも赤点ギリギリじゃない！　冬貴君がいなかったら、下手すると一桁の点を取ってくるでしょ！」

「うぐっ……！」

母親の指摘はごもっともで、秋人は冬貴がいなければテストで詰んでしまう。

なんせ、テスト期間に勉強を教えてもらっているのに、いつも赤点ギリギリなのだから。

もし教えてもらえなければ、結果は火を見るよりも明らかだろう。

「テストの話はいいって！　それよりも、バイトで雇ってほしい子がいるんだけど……！」

「アルバイト？　子ってことは、もしかして――女の子⁉」

身を乗り出して秋人に聞いてくる母親。

秋人は若干のけぞりながら首を縦に振った。

「そ、そうだけど……」

「まさか、あんたが女の子を紹介してくる日が来るなんて……！」

秋人の母親はパァッと表情を輝かせて、期待に満ちた目を向けてくる。

「いや、あの、バイトだからね？　誰も、彼女を紹介するとは言ってないよ？」

明らかに変な勘違いをしていそうなので、秋人は念のため補足をしておく。

すると、母親がグイッと顔を近付けてきた。

「女の子を連れてくるだけ上出来！　あんた、これまで色恋沙汰全然なかったんだから、このチャンスを逃すわけにはいかないわ……！」

「なんか、目的が全然違う気がする……。その子はお金を稼ぎたいだけだから、変な期待とか押し付けとかしないでよ……？」

母親のハイテンションに嫌な予感しかしない秋人は、不安そうに母親に告げる。

しかし、母親は呆れた表情を返してきた。

「あんたね、まさか言葉通りに受け止めたりしてないわよね？」

「えっ？」

「呆れた……。普通、女の子が興味のない男子のところで働こうなんて思わないわよ？　バイトなんてできるところ、いっぱいあるんだから」

「いや、その子バイトとか全然知らない感じだからだよ。普段からよく一緒にいるから、俺のところで働きたいってことに――」

「普段から、一緒にいる!?」

「あっ……」

母親のテンションが更に上がったことで、秋人は口が滑ったことに気が付いた。

「へぇ～、よく一緒にいる女の子がいるんだ～？」

ニマニマと、実に楽しそうに母親は秋人を見つめてくる。

完全に悪い勘違いをされてしまったようだ。

「いや、だから……！　母さんが思っているような関係じゃないから……！」

「はいはい、とりあえず明日にでも連れて来なさい」

「本当にわかってる!?」

母親の態度に秋人は不安を覚えるが、この後はまともに取り合ってもらえないのだった。

◆

「――うぅ、緊張する……」

翌日の学校終わり——喫茶店の裏口まで来た夏実は、神妙な面持ちになっていた。

「いや、そんな緊張しなくても……」

朝から夏実はずっとこの調子なので、それを見ていた秋人は苦笑いを浮かべながら夏実に声をかける。

「だって、面接とか滅多にないし……」

「高校受験の時に大丈夫だったんだから、大丈夫だって。それに、面接というよりも顔合わせに近いからさ」

前日の母親の様子を見るに、採用をする気満々だろう。

だからこれは面接というよりも、相手がどういう子かを見るための顔合わせに近いのだ。

母親が前向きになっていることは朝から伝えているのだが、夏実は不安で仕方ないらしい。

「それは、そうだけど……」

「何か気になることがあるのか？」

「……秋人のお母さんに、会うんだよね？」

夏実は緊張した表情のまま、若干上目遣いに秋人の顔を見てくる。

「そりゃあ、母さんが店長だからな。全く知らない人よりは、友達の母親のほうがマシじゃないか？」

「うぅ……そういう問題じゃない……」

秋人の言葉に対し、夏実は怖気づいたかのように顔を両手で押さえてしまう。

いったい何が問題なのか。

秋人にはよくわからないけれど、どうもこのままだと、夏実に面接は無理そうに見えてしまう。

「なら、やっぱりやめておくか？」

「やだ、ここで働きたい」

もうやめたほうがいい。

そう判断をした秋人に対し、夏実は即答で首を左右に振った。

あまりの速さに秋人は驚くが、夏実の気持ちが知れてなんだか嬉しく感じてしまう。

「じゃあ、どうする？　別の日にするか？」

「うぅん、そんなことしたら印象下げるから……」

ドタキャンは、人の信用を下げる行為。

特に相手が経営者で、自分が雇われる側であれば、余程の理由がない限り致命的ともいえるだろう。

夏実はそこまで考えているんだ、と勘違いした秋人は、納得がいったように頷いた。

「じゃあ、とりあえず中に入ろう。大丈夫、実は夏実が他人想いで優しいことや、見た目によらずまじめで責任感があることは俺が知ってるから、もし何かあったら母さんを説得するよ」

「ありが――ん？　ちょっと待って」

秋人の言葉に感謝をしかけた夏実だが、ふと気になることがあって言葉を止めた。

「実は、とか、見た目によらずってどういうこと？」

褒められているようで実は貶されているんじゃないか、と思った夏実は秋人にジト目を向けてきた。

それに対し、秋人は笑顔を作りながら慌てて口を開く。

「あっ……いや、ほら。ちゃんと内容的には褒めてるから」

「ちょっと、秋人が普段から私のことをどう思ってるのか、じっくりと話を聞きたいんですけど？」

「いや、そんな時間ないから。大丈夫、とりあえず母さんが駄目って言ったら、首を縦に振るまで食い下がるからさ」

「話変えようとしてもだめだから。面接終わったら、そこのところちゃんと聞かせてもらう」

「勘弁してくれ……。ほら、それよりも待たせたら印象を下げるから行くよ」

秋人は夏実から逃げるように裏口のドアを開ける。

すると、夏実は頬を膨らませるが――秋人の視線が自分から外れると、俯いてしまった。

そして――。

「他人想いで優しい、か……。えへへ……」

秋人に気付かれないよう、一人笑みを浮かべるのだった。

「――母さん、友達を連れてきたよ」

秋人は夏実を連れた状態で、厨房にいる母親へと声をかけた。

厨房では、四十代の女性がフライパンを振っており、二十代の女性がケーキを作っていた。

「あっ、来たのね。ちょっとこのナポリタンだけ仕上げたら行くから、先に奥の部屋に入っといて」

母親はナポリタンを作っている最中だったようで、秋人は夏実と一緒に事務の部屋に移動する。

「優しそうな人だったね」

「まぁ、見た目だけはな……」

「見た目だけ？」

意味ありげな言葉を言って秋人が目を逸らしたので、夏実は気になってしまう。

見た目だけということは、中身は優しくないのだろうか、と疑問を抱いた。

「私、怒られたりする……？」

「んっ？　あっ、いや、従業員に怒ったりはしない人だよ。まじめに働いていない、とかだったら話は別だけど、普通に働いていれば何かミスしても怒ったりはしないかな。軽く注意するだけだと思う」

夏実が不安そうな表情をしたので、秋人は笑顔でフォローをした。

それにより、夏実は安堵したように胸を手で撫でおろす。

「でも、じゃあ普通に優しい人なんでしょ？」

「あはは……俺にだけは、たまに鬼のように怖いんだよ……」

遠い目をしながら諦めたように言った秋人の言葉で、夏実は全てを察してしまった。

どうやら秋人の母親は、身内に厳しい人のようだ。


（まぁ、秋人っていい人だけど、問題もよく起こすもんね）


騒ぎ好きのお祭り人間である秋人が、今まで先生に怒られるところを夏実は何度も見たことがある。

悪気があるわけではないのだけど、きっと今までも何度も母親は呼び出しを喰らったことがあるんだろう。

そのせいで、厳しくしているのかもしれない、と夏実は思った。

そんな話をしていると、ドアがガチャッと開いた。

「はい、お待たせ～。それで、君が――」

「――はい、秋人君と仲良くさせて頂いている、新海夏実です！　本日は、よろしくお願いいたします！」

反射的に夏実はビシッと立ち上がり、緊張した面もちで声を張り上げた。

そんな夏実を見た秋人の母親は、目を輝かせる。

「まぁまぁ！　随分とかわいい——あれ？」

しかし、なぜか急に首を傾げた。

「あなたって……もしかして、私と会ったことがある？」

「——っ！　い、いえ、あの、人違いかと……！」

思わぬ秋人の母親の言葉に対し、夏実は慌てて首を左右に振る。

だけど、夏実の容姿に見覚えがある秋人の母親は再び首を傾げてしまった。

だから、秋人が口を挟む。

「昔俺とよく遊んでいた女の子に似てるんだろ？　言っとくけど、別人だよ」

「……へぇ、そんな偶然あるのね」

秋人の母親は、言葉とは裏腹に、腑に落ちない様子で夏実を頭から足まで眺める。

そして、ニヤッと笑みを浮かべた後、パンッと両手を合わせてニコッと微笑んだ。

「まぁ、いいわ。とりあえず、秋人は厨房に行ってきて」

「えっ？」

夏実の面接を見守るつもりでいた秋人は、母親の思わぬ言葉に戸惑ってしまう。

「私が抜けてるんだから、責任者が必要でしょ？」

「いや、いつもそんなこと言わな——」

「いいから、よろしくね？」

有無を言わさない笑顔。

ここで逆らったら後が怖い。

そう思った秋人は、渋々重い腰を上げた。

「えっ、行っちゃうの……？」

秋人が傍にいてくれると思っていた夏実は、出て行こうとする秋人を不安そうに見つめる。

それにより秋人はやっぱり残ろうかと思ってしまった。

しかし――。

「ごめんね？　でも、普通面接は一人で受けるものだから」

母親の有無を言わさない雰囲気に、夏実は黙りこんでしまった。

「とりあえず、変なこと言わないでよ……？」

昨晩のやりとりが記憶に新しい秋人は、不安を拭いきれない様子で母親に声をかける。

すると、母親は呆れた表情を秋人に返した。

「心配しなくても、まじめに面接するわよ」

「…………」

「何よ、その心配そうな表情は。いいから、あんたはさっさと厨房に行きなさい」

シッシッと手で母親に追い払われ、秋人は渋々部屋を出ていく。

そして、秋人が部屋を出たのを確認すると――

「――で、青葉さん家の娘さんだよね？」

母親は、とてもいい笑顔を夏実に向けてきた。

「えっ……」

不意を突かれた夏実は、思わず固まってしまった。

「どこかで見たことあるなって思ったけど、さっきの秋人の一言で思い出したの。あの子、よく似てる子って言ってたけど、絶対青葉さん家の子よね？」

「いや、あの……」

先程人違いと言ってしまった手前、夏実はどう答えたらいいのかわからず、視線を彷徨わせてしまった。

そんな夏実に対し、母親はとても嬉しそうに口を開く。

「この子絶対将来美人になるって思ってたけど、やっぱり凄くかわいい子になったわね。いつこっちに帰ってきたの？」

「あっ、その、ですから……えっと……はい、高校に上がる直前です……」

どう答えるのが正解か悩んだ夏実は、諦めたように秋人の幼馴染みであることを認めた。

ここで誤魔化した場合、母親の印象をかなり下げてしまうと思った故の判断――というよりも、この人は誤魔化せない、と不思議な確信を抱いてしまったので、誤魔化すことを諦めたのだ。

「そっかそっか、お母さんは元気？」

「はい、元気です……」

「そう、よかった。再婚して引っ越すって聞いたから気になってたのよね。今は、新海って苗字なんだ？」

「はい、父方の苗字になりました……」

夏実は緊張して居心地悪そうに、秋人の母親の言葉に頷き続ける。

そんな夏実に対し、秋人の母親は優しい笑顔を見せた。

「じゃあ、もう青葉って名乗ってないんだよね？」

「えっ……？　それは、そうですけど……」

なんでそんな変なことを聞くのだろう？

そう不思議に思って首を傾げる夏実に対し、秋人の母親は若干慌てて口を開いた。

「いえ、変な意味じゃないのよ？　ただ、昔のあなたっていつも自分のことを『あおば』って名乗って、下の名前言おうとしなかったじゃない」

「えっ……？」

身に覚えのない秋人の母親の言葉に、夏実は戸惑いながら首を傾げてしまう。

「あれ、覚えてないの？」

「はい……。えっ、私、『あおば』って名乗ってたんですか……？」

「うん。何度か下の名前を聞いてみたけど、頑なに『あおば』って言ってたよ？」

「そういえば、そんな記憶が……」

夏実が秋人と遊んでいたのは小学校に上がる少し前までだったので、正直遊んでいたこと以外あまり覚えていない。

しかし、確かにその呼ばれ方には心当たりがあった。

「初めて遊びに来た時から青葉さんの家の子ってことは知ってたから、なんで苗字しか答えないんだろ、とは不思議に思ってたけど……。別に、自分の名前が嫌いだったってわけじゃないのよね？」

「そうですね……。もしかしたら、青葉って名前を捨てたくなかったのかもしれません……。青葉って亡くなった父の苗字だったのですけど、母が親戚から旧姓に戻すよう迫られていた記憶がありますので……」

詳しくは覚えていないけれど、苗字を戻せと言われる母親を見ていて、嫌な思いをした記憶が夏実にはあった。

だから、名前を聞かれた時に青葉を名乗っていたのかもしれない。

それが亡くなった父との繋がりだ、ということも幼いながらにわかっており、失いたくなかったということも考えられた。

「そうなんだね……。ところで――どうして、秋人に幼馴染みだってことを隠してるの？」

苗字の話は夏実に嫌なことを思い出させるとわかった秋人の母親は、別の話に切り替えることにした。

「えっと……秋人に、自分で思い出してほしくて……」

「あぁ、なるほど……」

夏実の言葉から、何が言いたいのか秋人の母親はすぐに理解をした。

とりあえず、今日の夜にでも秋人を締めあげよう、と考えつつ口を開く。

「ごめんね、あの子って時々わけわからないことで鈍感になるから……」

「いえ、そんなことは……ありますね……」

秋人のことをフォローしようと思った夏実だけど、過去に幾度となく期待を裏切られていることが頭を過り、思わず肯定をしてしまった。

「まぁ、でも……正直、自分から打ち明けたほうがいいんじゃない？　ほら、ラブコメとかだと定番だけど、鈍感な主人公が気付いてくれるのに期待しているうちに、他の女の子が現れちゃったりするからね」

「それは……そうなんですが……」

数日前に、友人から秋人は実はモテていたことを聞いた夏実は、ウカウカしていられないという気持ちになっている。

しかし、やはりそこは譲れなかった。

「まぁ、夏実ちゃんの人生なんだから、私はとやかく言う気はないけどね」

これ以上は押し付けになってしまう。

そう思った秋人の母親は、ニコッと笑みを見せた。

（それに、夏実ちゃんが秋人のことを好きだってことはわかったし）

「ありがとうございます……」

秋人の母親が内心ほくそ笑んでいることに気が付かず、夏実は安堵しながらお礼を言った。

「とはいえ私としては、秋人の相手は夏実ちゃんのような子がいいけどね～」

「そ、そんな……えへへ……」

秋人の母親がチラッと夏実のことを見ながら言うと、夏実は満更でもなさそうに笑みを浮かべた。

その笑顔を見た秋人の母親は胸がキュンとし、ある決意をした。

（よし、絶対にこの二人をくっつけよう……！）

――と。

その後は簡単な自己紹介をし、夏実は晴れて秋人の母親が経営する喫茶店で働くことになるのだった。

◆

「――えっ、早速研修をしたい？」

厨房に入っていた秋人は母親に呼び出されたのだが、夏実の研修をしたいと言われ戸惑ってしまう。

「夏実が働きたいのって、夏休みからなんだけど……」

「夏休みは忙しくなるんだから、今のような余裕がある時にしておいたほうがいいに決まってるでしょ？」

「それは、まぁ……」

夏休みといえば、主婦だけでなく学生も多く訪れるようになる。

巷では結構人気な喫茶店ということもあり、休みの日はとても混んでしまうのだ。

そんな中、確かに夏実の面倒を見る余裕はないのかもしれない。

「わかったなら、はい。夏実ちゃんをよろしくね」

「えっ⁉」

母親が夏実の体を秋人の前に出してきて、秋人は思わず声をあげてしまう。

モジモジとする夏実を前にしながら、秋人は慌てて口を開いた。

「夏実の指導、俺がするの……⁉」

よろしく――というのがどういう意味かを理解している秋人は、面喰ったように母親に尋ねてしまう。

すると、母親は呆れたような表情で口を開いた。

「何を驚いているわけ？　あんたが連れてきたんだから、面倒を見るのはあんたがするべきでしょ？」

「いや、だけど……！」

「それに、夏実ちゃんも秋人のほうが緊張しなくていいわよね？」

まだ反論をしようとした秋人の言葉を遮り、母親は夏実へと声をかけてしまった。

夏実はチラッと秋人の顔を見た後、しおらしくコクリッと頷く。

「はい……」

「ということで、よろしくね、秋人」

夏実が頷いたことで、母親はとても機嫌が良さそうに夏実を秋人に預けてきた。

「いや、母さん……！」

「これ、店長命令だから。逆らうのは許さないわよ」

まだ諦めない秋人に対し、母親は目を据わらせて声のトーンを数段下げた。

それは、言葉通り秋人の反発を許さないことを意味する。

「……夏実、とりあえずこっちでやろうか」

母親の態度を見て、秋人は諦めたように夏実の手を優しく引っ張った。

夏実は手を握られて途端に体温が急上昇するものの、秋人の手を払おうとはせずにおとなしく連れて行かれる。

「――それじゃあ、とりあえずこのマニュアルに目を通してくれる？」

休憩室に移動した秋人は、引き出しから小冊子を取り出すと、それを夏実に渡した。

「ちゃんとしたマニュアルがあるんだ……」

「こっちのほうが効率がいいからね。わからないことがあったりしたら、遠慮なく聞いてくれていいから」

「うん、ありがとう」

夏実はお礼を言い、その後マニュアルへと視線を移した。

そして、数分後――。

「ふにゅぅ～……」

テーブルへと、突っ伏した。

「いや、そんな難しいことは書いてないだろ……？」

ダウンした夏実を前にし、秋人は驚きを隠せない。

これは秋人が作ったもので、頭から湯気が出そうなほどに難しい内容ではなかったはずだ。

「だって、覚えることが多すぎる……」

夏実は勉強がとても苦手だ。

必然、覚えることも苦手とする。

そんな夏実にとって、マニュアルはある意味天敵のようだった。

「………」

「うっ、黙らないでよ……」

秋人から何も言葉が返ってこなかったので、夏実は恐る恐る秋人の顔を見上げる。

すると――秋人は呆れた表情を浮かべるのではなく、笑うのを我慢している様子だった。

「な、何を笑ってるのよ……！」

全身を震わせている秋人に対し、夏実は顔を赤くしながら怒ってしまう。

だけど、秋人は目の端に涙を溜めながら、可笑しそうに口を開いた。

「いや、夏実はやっぱり、まじめすぎるなって思ったんだよ」

「えっ？」

秋人の意外な言葉に、夏実は首を傾げてキョトンとした表情を浮かべる。

「目を通してとは言ったけど、覚えてとは言ってないだろ？　だいたいどんな感じかな、というのを知ってほしかっただけで、やることは段々と覚えていけばいいんだよ。そのための、研修期間なんだから」

「あっ……」

夏実は秋人の言いたいことを理解し、自分の失敗に気が付いた。

そんな夏実に対し、秋人は優しい笑みを浮かべる。

「前に言っただろ、できないことがあるのは仕方ないんだ。それを、できるようにしていけばいい。だから、最初から完璧にやろうと無理する必要はないんだよ」

「………」

秋人の顔を見ていた夏実は、思わず俯いてしまう。

そんな夏実を不思議そうに秋人は見つめながら、再度口を開いた。

「今日はまず、挨拶の仕方とかお客様への対応方法を覚えようか。夏実は実際にやってみたほうが覚えられるタイプだろうし、マニュアルを読むよりも体に叩き込んだほうがいいかもしれないな」

秋人が優しくそう言うと、夏実は嬉しそうに顔を上げてコクコクと頷いた。

それからは秋人がまず手本を見せ、夏実がオウム返しのように真似てみる。

そして駄目なところは秋人が注意をし、夏実が理解できるまで丁寧に教え込んだ。

結局夏実は、お客様への対応を一通り覚えるのでその日は終えてしまったが、帰る際には充実した表情を浮かべていたので秋人は安堵した。

(最近変だったけど、いつもの夏実に戻ったな)

秋人はそんなことを考えながら、夏実に視線を向ける。

「これからやっていけそうか？」

「うん！　秋人がいてくれるから、大丈夫そう！」

「――っ」

夏実が満面の笑みを向けてきたので、秋人は一瞬息を呑んでしまった。

そして、赤らんだ頬を隠すようにソッポを向いてしまう。

「そ、そっか、それはよかったよ」

「うん！　えへへ……明日からもよろしくね、秋人！　それじゃあ、バイバイ！」

「あっ、送って行かなくて大丈夫なのか？」

「うん！　まだ人通りが多い時間だし、暗い道には入らないから大丈夫！」

「そっか、じゃあ気を付けてな」

「うん、バイバイ！」

夏実は秋人に手を振ると、はしゃいだ様子で帰っていった。

秋人はそんな夏実の後ろ姿を見つめながら、バクバクと鼓動がうるさい自分の胸に手を添える。

「あいつ――」

「――とっても、かわいい子よね」

「――っ!?」

夏実のことを口にしようとした瞬間、秋人の言葉を奪うように背後から声がしたので、秋人は驚いて振り返った。

すると、秋人の母親がニヤニヤととてもいい笑みを浮かべて、秋人を見ている。

「これは、この先がとても楽しみね」

「母さん……!」

「ふふ。ほら、見送りが終わったなら厨房に戻ってきなさい」

母親はそれだけ言い残すと、店の中へと入ってしまった。

秋人はそんな母親の後ろ姿を見つめながら、嫌なところを見られた、と思わずにはいられないのだった。

◆

「それじゃあ、今日はお皿を運ぶ練習をしようか」

学校終わりの放課後、バイト先に来た夏実の前に、秋人はお皿を数枚並べた。

「えっ、そんなことを練習するの？　秋人、私のこと馬鹿にしてない？」

夏実はお皿を運ぶのにどうして練習が必要なのかわからず、不服そうに秋人のことを見つめる。

いくら不器用だとはいえ、たかだかお皿を運ぶのに練習なんて必要ない。

夏実はそう思っていた。

「うん、まぁ……」

秋人は夏実が勘違いをしていることに気付きながらも、どう伝えるのがいいかを考える。

既に夏実は拗ねているようなので、言い方を間違えれば夏実はムキになってしまうだろう。

だから、秋人はまず自分がやってみることにした。

「夏休みってさ、結構混むから効率よくしないといけないんだ。だから、こうやって運んでほしい」

秋人は左手の親指と人差し指、そして中指で皿を持ち、その後中指と皿の間にもう一枚皿を挟んだ。

二つの皿が二点で当たるようにした状態で、左手の手首から前腕にかけて更にもう一枚皿を置く。

最後に、右手で皿を一枚掴み、夏実を見た。

「……からかってる?」

秋人が皿を四枚持つまでの流れを見ていた夏実は、小首を傾げて秋人へと尋ねた。

そんな夏実に対し、秋人は困ったように笑いながら口を開く。

「いや、まじめだよ」

秋人の言葉を聞くと、夏実は再度秋人の手を見た。

そして――。

「無理……!」

全力拒否をした。

「やる前から諦めるなよ……」

「だって、だって、絶対これあれじゃん! お皿割っちゃうやつじゃん!」

夏実はまるで子供かのように、イヤイヤと首を左右に振る。

自分が不器用だとわかっている夏実は、こんなことできないと思ってしまった。

そんな夏実に対し、秋人は優しい笑顔を向ける。

「大丈夫だって、夏実は運動神経よくてバランス感覚いいだろ? これは、器用さよりもバランス感覚がものをいうからさ」

「……ほんと?」

バランス感覚が大事と聞き、夏実は上目遣いで秋人の顔を見つめる。

その際になぜか若干涙目になっており、秋人は『うっ……』と言葉に詰まった。

（か、かわいい……）

秋人は、思わず夏実に見惚れてしまったのだ。

「秋人？」

「あっ……う、うん、本当だよ」

夏実に声をかけられたことで我に返った秋人は、慌てて首を縦に振る。

それにより夏実はやる気になったようで、秋人からお皿を受け取った。

しかし――。

「ちょっ、待っ――」

「あっ……！」

夏実がそのまま秋人の真似をしようとしたので秋人は止めようとしたが、制止は間に合わず夏実の手から皿が落ちてしまった。

そしてその皿は、床に落ちた衝撃でパリンッと割れてしまう。

「…………」

落ちて割れた皿を見た夏実は、プルプルと体を震わせながら秋人を見る。

その目は涙目で、『やってしまった』という思いが秋人には凄く伝わってきた。

「うん、まぁ……ごめん、言い方が悪かったよ」

秋人としては、最初に完成形を見せただけで、本当は一枚ずつやってコツを掴んでもらうつもりだった。

しかし、言葉足らずの状態で夏実をおだて、コツややり方を説明する前に夏実が実践してしまったので、こんなことになってしまったのだ。

だから、秋人は自分のせいだと結論付けた。

「ご、ごめんね……！　今、片付けるから……！」

夏実は慌てて割れた皿を拾おうとする。

しかし、秋人はそんな夏実の手を優しく掴んだ。

「素手で触ったら危ないって。夏実のせいじゃないから、落ち着いて」

動揺をしている夏実に対し、秋人はなるべく優しい表情と声を意識して話しかけた。

夏実は潤んだ瞳で秋人の顔を見る。

「でも、私が割って……」

「ちゃんと説明をしていなかった俺のせいだよ。とりあえず、このままにしておくのは危ないから、箒と塵取りを取ってくるよ。夏実は触らないでちょっと待ってて」

「うん、ごめん……」

「気にしなくていいってば」

シュンと落ち込んでしまった夏実を慰めるようにしながら、秋人は笑顔を絶やさない。

だけど、夏実の表情は暗いままだった。

「――母さんにも話してきたけど、気にしないでいいって言ってたから」

箒と塵取りを持ってきた秋人は、落ちて割れた皿を見つめる夏実に声をかけた。

「ほんと……？　怒ってなかった……？」

夏実は不安そうな表情で秋人の顔を見上げる。

お店で大切に扱われている皿を割ってしまったのに、店長である秋人のお母さんが怒っていないとは思えないようだ。

「大丈夫だよ、事情もちゃんと伝えてるから。それよりも、夏実が怪我をしていないか気にしてた」

「あっ……うん、怪我は大丈夫」

「そっか、ならよかった。本当に気にしなくていいからな？　誰だって、失敗はあるからさ」

秋人は優しい笑みを浮かべて、夏実の失敗をフォローした。

すると――。

「…………」

夏実は、なぜかボーッと秋人の顔を見つめてきた。

「どうした？」

それにより、秋人は首を傾げて尋ねる。

しかし、夏実は慌てたように両手を顔の前で振った。

「う、うぅん！　なんでもない！」

「そう？　ならいいけど……」

夏実の態度に疑問を抱きながらも、秋人は床に散らばった皿の破片を箒でかき集める。

そんな秋人の背中を、夏実はジッと見つめていた。

(なんだか、学校の時よりバイトの時のほうが優しい……)

夏実がそう思ったのは、何も今優しくされているからではない。

バイト初日から、学校の時に比べて喫茶店にいる時の秋人は口調や態度が優しいのだ。

「夏実」

「——っ!? な、何?」

背中を見つめているといきなり秋人が振り返ったので、夏実は若干動揺しながら笑みを浮かべた。

「何を慌ててるんだ?」

「な、なんでもないよ?」

「ふ〜ん……」

なんでもないと言う夏実だが、秋人にはそんなふうに見えなかった。

しかし、夏実が誤魔化した以上聞くのは可哀想だと思い、深く聞くことをやめる。

その代わり、塵取りで集めた皿の破片をゴミ袋へといれ、手を洗った後夏実の手の上に皿を置いた。

「あ、秋人……!」

「いいから、もう一度やってみよう。大丈夫、今度は一枚ずつやってもらうから」

緊張したように顔をひきつらせた夏実に対し、秋人は再度ニコッと笑みを浮かべた。

「でも、また割る……」

「大丈夫だって。ほら、一枚だったらただ掴んでるだけでしょ？」

「それは、うん……」

「じゃあ、一枚目を持った時の指の形とかを覚えようか。ほら、こうするんだよ」

秋人は皿をどのように挟むのかを夏実に見せながら、皿の持ち方を指導していくのだった。
◆

皿を割った日以来、夏実は更に頑張るようになった。

そのおかげで、秋人の母親から『夏休みに入る前からホールに出てみましょう』、という話をもらい――次の日曜日に、早速夏実のホールデビューが決まった。

「――そうなんだ、夏実ちゃん凄いね」

昼休み、夏実のホールデビューの話を聞いた春奈が、ニコニコの笑顔を夏実に向けた。

それにより、夏実は得意そうに笑みを浮かべる。

「ふふ、ありがと。私って要領がよかったみたい」

どうやら調子に乗っているようだけど、落ち込まれるほうが困るので、秋人は見なかったことにした。

「正直、意外だな……」

「ん、何がかな、冬貴君？」

なにげなしに漏らした、冬貴の独り言。

しかし、夏実はしっかりとその言葉を聞き取っており、ニコニコ笑顔で冬貴を見据えた。

同じ笑顔なのに、春奈の笑顔とは違い、なぜか恐怖を感じてしまう。

「い、いや、頑張ったんだろうなぁって……」

「絶対そんなこと言ってないよね？」

「ほ、本当だよ。な、なぁ、秋人」

冬貴は、ジト目を向けてきた夏実の視線から逃げるように、秋人に話題を振る。

すると、秋人は苦笑しながら口を開いた。

「冬貴が何を言ったかは聞こえなかったけど、夏実はバイトの練習をよく頑張っていたんだ。その努力が認められたんだよ」

「秋人……」

優しくフォローしてくれた秋人に対し、夏実はジィーンと感動を覚えながら秋人の名前を口にする。

そんな夏実に対し、秋人は微笑んで返した。

「「………」」

秋人たちのやりとりを見ていた冬貴と春奈は、無言でお互いの顔を見る。

そして言葉ではなくアイコンタクトで何かやりとりをし、同時に二人して首を傾げながら再度秋人たちを見た。

「なんだか、二人凄く仲良くなってるな？」

「うん、なってるね？」

「えっ、そうかな？」

二人の言葉に秋人は思い当たる節がなく、首を傾げながら夏実に視線を向けた。

「別に、いつも通りだよな？」

「そうだね？」

そして、夏実も秋人と同じように不思議そうに首を傾げる始末。

ただ、夏実の場合はどこか嬉しそうだった。

(こ、この二人、やっぱり仲良くなってる……)

二人の些細なやりとりを見ただけで、冬貴と春奈は夏実たちが今まで以上に仲良くなっていることに確信を抱いた。

「いいなぁ……私も、アルバイトしたかったなぁ……」

夏実と秋人が更に仲良くなったところを見た春奈は、羨ましそうに夏実たちを見つめる。

その表情を見ていた冬貴はなんとも言えず、ジッと二人のやりとりを見つめた。

「それにしても、昨日母さんがニヤニヤしてたのが気になるんだよな……」

「そう？　いつも通り優しかったけど？」

「いや、あれは絶対何か企んでる顔だった。変なことを考えてないといいけど……って、どうした冬貴？」

ジッと見つめられていることに気が付いた秋人は、冬貴に声をかける。

しかし、冬貴は首を左右に振り、笑顔で口を開いた。

「なんでもない。それよりも、折角夏実がホールに出るんだったら、見に行こうかな」

「ちゃ、茶化しはいらないからね⁉」

冬貴が茶化しに来る。

そう思った夏実は、慌てて拒絶をした。

しかし――。

「いいじゃないか、冬貴には来てもらおう」

秋人は、逆に冬貴のことを誘う姿勢を見せた。

「ちょっと、秋人⁉　あんたどっちの味方なの⁉」

「春奈ちゃんもどうかな？　サービスするよ？」

「聞きなさいよ、こら！　後、春奈ちゃんにだけサービスとか、あからさますぎよ！」

夏実は頬を膨らませながら秋人に訴えかける。

無視されたことも気に入らないけど、春奈にサービスしようとしたことのほうが気になるようだ。

「落ち着けって夏実。友達だからサービスするってだけだよ。だから、冬貴にもするって」

「というか、そもそも誘うのをやめなさいよ！　私の恥ずかしいところが二人に見られちゃうじゃん！　私を辱めたいの!?」

「そんなわけないよ。夏実は俺のことを疑いすぎかな」

キャンキャンと怒る夏実に対し、秋人は笑顔で対応をし続ける。

今までなら、秋人が言い返して軽く言い合いをすることもあったのに、このやりとりは二人の立ち位置の変化を表していた。

「緊張している時って、知り合いがいたりしたら緊張が解けたりするんだよ」

「無理、絶対に無理。私は余計に緊張するタイプ」

笑顔で宥めようとした秋人に対し、夏実は全力で首を左右に振った。

そして、今からでも緊張しているかのように、顔色が悪くなってしまう。

「それは、二人に失敗しているところを見られたくないからだろ？　もっといえば、失敗したところを見られたら失望される、とでも考えてるんじゃないのか？」

「そ、そうだけど……。でも、そんなの当たり前でしょ……？」

知り合いに恥ずかしいところを見られたくない。

それは、ほとんどの人間の心理だった。

だけど、秋人は別の考えを抱いているようだ。

「本当にそうなのか？　夏実が失敗しても、冬貴や春奈ちゃんが失望したり、馬鹿にしたりするわけがないだろ？」

「あっ……」

二人は決して、友達の不幸を喜んだり面白がったりはしない。

そういう思いが込められた言葉により、夏実は秋人が言いたいことに気が付いた。

「友達が家に遊びに来る感覚でいればいいんだって。バイト初日が緊張するのは当たり前なんだ。だから、冬貴たちと話して緊張がほぐれる方向でもっていこう」

秋人が二人を誘った理由はそれだった。

夏実が緊張するのは目に見えており、何か気を紛らわせるキッカケがほしくて、冬貴たちを誘ったのだ。

特に、癒し系である春奈は、彼女を知る生徒の間では『他人の心を癒す効果がある』、と言われている。

そんな彼女とバイト中に話をすれば、夏実の緊張もほぐれるんじゃないか、と秋人は考えた。

「そ、そっか。それだったら、冬貴も春奈ちゃんも遊びに来てくれると嬉しいな……」

秋人の考えを理解して拒絶する必要がなくなった夏実は、恥ずかしそうに照れ笑いを浮かべて冬貴たちにお願いをした。

その言葉により、冬貴と春奈は笑顔で頷く。

「あぁ、もちろん行かせてもらうよ。ただ――」

しかし、冬貴は一度言葉を止めて、スッと夏実から視線を逸らした。

「午前は塾があるから、行けるのは午後なんだよな……」

「…………」

冬貴がそう言った後、春奈も無言で夏実から視線を逸らした。

そして、夏実は無言で秋人を見る。

「…………」

「あ、あはは……まぁ、うん。来てくれるだけいいじゃないか」

無言の涙目で訴えてきた夏実に対し、秋人は苦笑に近い笑顔を返すのだった。

『うん、間に合わないな……』という言葉は、なんとか飲みこんで。

◆

「――さて、今日はお客様の前に出てもらうわけだけど……」

秋人はそこで言葉を区切り、夏実に視線を向けた。

「大丈夫か……？」

現在秋人の目に映るのは、見ていて可哀想なほどに震えている夏実だった。

夏実は喫茶店を訪れた時からこの様子で、明らかに緊張してしまっている。

「だ、だいじょび……」

「うん、大丈夫じゃないな」

頷いた夏実に対し、秋人は困ったような笑顔を向けた。

そして頬をポリポリと指で掻き、どうするべきか思考を巡らせる。

夏実はその間おとなしく秋人の顔を見上げているが、特に何も言葉は発していない。

というよりも、雑談する余裕もないのだろう。

そうしていると、秋人が夏実の頭に優しく手を置いた。

「な、ななな!?」

急に頭に手を置かれた夏実は、顔を真っ赤にして秋人の顔を見つめる。

口はパクパクと動いているが、以降の言葉は出てこない様子だ。

そんな夏実を見つめながら、顔を赤くして照れくさそうに秋人は口を開いた。

「何かあってもフォローするから、夏実は練習通りにやればいいよ」

秋人はそう励ましながら、優しく頭を撫でた。

それがよかったのか、夏実は途端にだらしない笑みを浮かべてしまう。

「――ねぇ、結局秋人君と新海さんって、付き合ってるの？」

「なんか付き合ってるようにしか見えないよね？」

秋人たちのやりとりを見ていたアルバイトの女子大生たちは、コソコソと秋人たちについて話しているのだが、肝心の秋人たちはそのことに気が付かない。

そうしていると、彼女たちの後ろに秋人の母親――店長が、現れた。

「ほらほら、みんな着替えずに何を話してるの？」

現在誰一人として制服に着替えていないので、店長は手をパンパンと叩いて、注意をした。

もちろん、怒っているというよりも、仕方がなさそうという感じだが。

「あっ、夏実ちゃんはちょっと待ってくれる？」

他の女子大生たちが更衣室に向かったので、夏実も付いて行こうとしたのだが、なぜか店長に呼び止められてしまう。

「どうかされましたか？」

「夏実ちゃんにはね、特別に衣装を用意しているの」

「特別衣装……？」

夏実と店長のやりとりになんか嫌な予感がした秋人は、訝しげに夏実たちを見つめる。

店長はそんな秋人のことは気にせず、洋服らしきものを鞄から取り出した。

そして――。

「じゃっじゃーん！　これ、夏実ちゃん専用の衣装です！」

そう言って店長が見せつけるように掲げた洋服は――メイド服、だった。

それも、全身にフリフリが付いた、ミニスカートものだ。

「母さん……！」

秋人は、店長からメイド服を取り上げようとする。

しかし、店長は見事な体捌きで、なんなく秋人の手を躱した。

「いいじゃない、これ絶対に夏実ちゃんに似合うもの！」

「この喫茶店はそういったお店じゃないだろ！　落ち着いたメイド服ならまだしも、そんなきわどいのは駄目だ！」

夏実にこんなものは着させられない。

そう思った秋人は、懸命に服を掴もうとする。

だけど、やはり店長は捕まらない。

「あんたが着るんじゃないからいいでしょ！」

「そういう問題じゃないだろ！」

二人の小競り合いはそのまま数分間続いた。

「――歳は、取りたくないわ……」

決着後、店長は肩で息をし、恨めしそうに秋人の顔を見る。

秋人の腕には既にメイド服があった。

疲れた店長の速度が落ちてきたところで、秋人はなんとか奪い取ったのだ。

「夏実、普通のウェイトレスの服を着ておいで」

恨めしそうに見る母親を横目に、秋人は何事もなかったかのように夏実を見た。

夏実は二人の競り合いを見ていたので、困ったように笑いながら頷く。

「付き合ってもないのに、あんた独占欲が強すぎるんじゃない？」

「関係ないだろ!?」

ボソッと耳打ちをしてきた店長の言葉に、秋人は顔を赤くしながら怒ってしまう。

すると、店長は肩をすくめながら、今度は夏実の傍に寄って行った。

「まぁあれ、元々夏実ちゃんへのプレゼント用なんだけどね」

「えっ……？」

秋人に聞こえない声で囁かれた内容に、夏実は驚いて店長の顔を見る。

店長は片目でウィンクをし、嬉しそうに続けて口を開いた。

「お店の経費じゃなくて私のお金で出してるから、遠慮しなくていいからね」

「で、ですが、そんなものを頂くわけには……」

「でも、もらってくれないと、あの服倉庫で埃を被ってしまうわよ？　それこそ、お金がもったいなくない？」

「そ、そうですけど……」

夏実はどうしても、ミニスカートの裾の短さが気になってしまう。

あれでは、見えてはいけないものまで見えてしまうのではないか。

例えそれが見えないギリギリを攻めていたとしても、足のほとんどが見られてしまう。

そんな思いがあるから、夏実は受け取りたくなかった。

「別に、あれでお店に出ろって言ってるんじゃないのよ？　プライベートで使ってくれたらいいから」

「プ、プライベート!?」

夏実は思わず、秋人のほうを見てしまう。

秋人は秋人で店長を怪しんで見ていたので、バッチリと目が合ってしまった。

それにより、夏実はモジモジと体を揺すり、恥ずかしそうに顔を伏せる。

振った。

まるで悪魔の誘惑かのように囁かれた言葉に対し、夏実は全身を真っ赤にして首を左右に
「て、店長……！　冗談はやめてください……！」

「いいのよ、好きに使っちゃって。事前に言ってくれたら、私留守にしておくから」

顔を真っ赤にしてしまっている夏実の耳に、店長はゆっくりと口を近付けた。


そんな夏実のことを、店長は愛おしそうに見ながら、ポンポンッと頭を叩く。

「まっ、後は若い二人に任せるわ」

店長はそれだけ言うと、本当に部屋から出ていってしまった。

「母さん――店長に、何を言われたんだ？」

ニマニマとして出て行った店長のことが気になり、秋人は夏実に尋ねてみる。

夏実は秋人に向かって指を伸ばし、顔を赤くしたまま口を開いた。

「そのメイド服、私にくれるらしい……」

「えっ……これ、もらっても困るだろ？」

「でも、倉庫にしまってると……結局、お金の無駄になるから……」

「だけど、どこで着るんだ……？」

着る場所がないから、結局意味ないのではないか。

そう思って秋人は言ったのだが、夏実は恥ずかしそうに秋人の手からメイド服を受け取った。

（最近余裕なかったけど、秋人に意識してもらえる大チャンスだもんね……）

夏実はそう自分に言い聞かすことで、恥ずかしさを我慢する。

そして、メイド服で口を隠しながら上目遣いで秋人を見つめた。

「その……二人きりの時なら、これ……着てあげる……」

「えっ!?」

夏実が顔を真っ赤にしたまま意味深なことを言ってきたので、秋人の顔は一瞬で真っ赤になってしまう。

すると、夏実は慌てたように指を突き付けてきた。

「ほ、ほら、着るところなかったら服が可哀想だから……。それに、メイド服ってかわいいもんね……?」

「いや、それは……」

何かを期待する夏実の表情に、秋人は何を言ったらいいのかわからなくなってしまう。

興奮や戸惑いから頭がうまく回っていない感じだ。

それでもなんとか言葉を絞り出そうとするが――。

「二人とも、そろそろ着替えないとまた怒られちゃうよ?」

着替えを終えた女子大生たちが戻ってきたので、何も言えなくなってしまった。

秋人と夏実の意味深なやりとりは中途半端に終わってしまい、秋人はモヤモヤを抱いてしまうのだった。

「――お、お待たせしました……!」

開店時間になり、初めてお客様の前に出ている夏実は、とても緊張した様子だった。

膝はガクガクと震えており、歩く際は同じ側の手と足を一緒に出す始末。

そんな夏実を、秋人は心配して見つめている。

すると——。

「秋人、どうしよう……！　また、注文間違えちゃった……！」

本日何度目になるのか。

緊張のしすぎでお客様の注文を誤ってしまった夏実が、涙目で近寄ってきた。

秋人はそんな夏実に笑顔を向ける。

「お客様の前なんだから、そんなに取り乱さないで」

「でも……！」

「とりあえず、さっき教えたようにしてみなよ」

秋人は優しく夏実の背中を押し、お客様の元に戻るように言う。

すると、夏実は不安そうに秋人を見上げたが、もう何度か同じことで秋人に頭を下げさせてしまっているので、諦めてお客様の元へと戻った。

「いいの？　一人で行かせて」

夏実が離れたタイミングで、アルバイトの女子大生が秋人に声をかけてきた。

見る限り、茶化しに来たのではなく、夏実のことを心配しているようだ。

「大丈夫ですよ、あぁ見えてしっかりしてる子なんで」

「そう……？　なんか、ドジっ子にしか見えないんだけど……」

「緊張してるだけですよ。後は場数を踏ませるしかないでしょ」

「……その間、どれだけマイナスを出すか」

「あはは……俺の給料から引いてもらっておくんで、大丈夫ですよ」

夏実がお客様にペコペコと頭を下げる様子を見ながら、秋人は困ったように笑う。

その様子を見ていた女子大生は、不思議そうに口を開いた。

「過保護だね？」

「普通じゃないですか？」

「だって、本人のミスを補ってあげたり、肩代わりしてあげたり。あの子来てからずっと付きっきりだし」

「まぁ俺が紹介した子ですし、新人がミスをしたら先輩が補ってあげるものでしょ？　わざとならともかく、まじめにやって失敗してしまったことなら、助けてあげますよ」

意味ありげな目を向けてくる女子大生に対し、秋人は困ったように笑いながら答える。

本当はマイナス部分は痛いけど、夏実に負担をさせるのは可哀想なので、自分でフォローするしかなかった。

母親に言えばマイナス部分に目を瞑ってもらえるとは思うが、自分が紹介した子の負担を母親にかけたくはないのだ。

「……あの子のこと、好きでしょ？」

「なっ!?」

予想外の質問をされ、秋人は一瞬で顔を赤くしてしまう。

そして、慌てて口を開いた。

「ど、どうしてそうなるのですか……！　俺はただ、夏実がまじめに頑張ってるからフォローしてるだけですよ……!?」

「ふ〜ん？」

「な、なんですか、その目は……？」

女子大生が小首を傾げながらジト目で見上げてきたので、秋人はどもりながら質問をする。

しかし、女子大生は踵を翻してしまった。

「べっつに〜。ただ、秋人君って素直じゃないなぁって思っただけ」

「な、なんですか、それは……」

「さぁ？　それよりも、そろそろ私たちも仕事に戻らないと、店長にどやされるよ？」

「あなたが言うんですか……」

話しかけてきたのは女子大生なので、なんだか納得いかない気持ちを抱えながら秋人は視線を夏実に戻す。

夏実はお客様の許しを得たようで、厨房に向かっていた。

ちゃんと、当初の注文通りの料理を、厨房にお願いしに行っているのだろう。

中には間違えた注文のままでもいいと言うお客様もいるが、なるべく正しいものを出すというのがこのお店のやり方だ。

それでも、今の料理のままでいいと言う方に関しては、代わりにドリンクをサービスしたりしていた。

「注文間違えの対応に関してはもう大丈夫だろうけど……緊張しているのを差し引いてもこんなにミスをするんだったら、注文を取る方法も見直したほうがいいのかもしれないなぁ……」

現在は、お店のスマートフォンによって店員が注文を取り、そのデータを厨房へと転送している。

今回の夏実のミスは、スマートフォンの押し間違えによるものだろう。

注文を聞き返してはいるはずだが、よく内容を聞かずに頷くお客様も多いので、このようなミスが起こっていた。

「備え付けのタブレットにして、お客様に自分で注文してもらうほうがいいと思うけど……でも、うちの店員目当てに来てる人もいるしなぁ……」

母親が営業する喫茶店は人気店というのもあり、時給が良くて制服もかわいいので女の子から人気があった。

だから、可愛い女子大生が数人アルバイトをしており、愛想もいいので婦人や学生から人気があるのだ。

その強みの一つを欠けさすのは、経営者目線で考えると渋るものがあった。

「どうしたものかなぁ……」

秋人は料理を運びながら、そんなことに思考を巡らせていた。

——その後も、夏実は何度もミスをしてしまい、すっかり意気消沈してしまったので、秋人はフォローをしながら優しく慰めるのだった。

◆

「うぅ……ごめん、秋人……」

午後になってから、夏実は午前の失敗に関して秋人に頭を下げて謝った。

そんな夏実に対し、秋人は優しい笑顔を向ける。

「初日なんだから、気にしないでいいよ」

「秋人……」

秋人の顔を見た夏実は、胸の前でギュッと拳を握った。

そして頬を赤く染め、潤った瞳で秋人の顔を見つめる。

「その……バイトの時の秋人、なんか優しいね……」

「そう？」

「うん、学校の時と全然違う……」

夏実は学校での秋人も好きだけど、アルバイト中の秋人も素敵だと思っていた。

学校では明るくて元気が良く、トラブルが起きても頼りになるという感じだ。

だけどアルバイト中では、大人のように落ち着いていて、頼りになるというふうに夏実は感じていた。

どちらも頼りになることは変わりないが、まるで別人を相手にしているように錯覚しそうになっている。

「まぁ、母さんが店長だからね。学校みたいに能天気でいるわけにはいかないんだよ。お客様の前でバカ騒ぎなんてしたら、従業員に示しが付かないし」

「ふ～ん、そうなんだ……」

まだ知らなかった秋人の顔を知り、夏実は嬉しそうに微笑んだ。

そうして二人が話していると、突然お店のドアが開く。

「「いらっしゃいませ～！」」

ドアが開いた音を聞き、半ば反射的に挨拶をした秋人と夏実は、訪れたお客を見て笑みを浮かべた。

「やぁ、二人とも」

喫茶店を訪れたのは、いつも学校で一緒にいる冬貴だったのだ。

その後ろからは、ピョコッと春奈が顔を出した。

「ふ、二人とも、こんにちは」

春奈は若干緊張した面もちで、礼儀よく頭を下げる。

秋人は春奈の様子に若干疑問を抱きながらも、笑顔で二人に近寄った。

「来てくれたんだな、二人とも」

「まぁ、約束だしな」

冬貴は仕方さなそうに肩を竦めながらも、どこか嬉しそうだ。

春奈と一緒にいられて嬉しいのだろう。

ここに来るまでの道のりでは、春奈と二人きりでいられたことだろうし。

「ありがとう、助かるよ。夏実、二人を席まで案内して」

秋人はお礼を言った後、二人の案内を夏実に任せた。

夏実はコクコクと頷き、冬貴たちを空いている窓際の席へと案内しようとする。

しかし――。

「………」

なぜか、春奈は夏実の後を追わず、ジッと秋人を見つめていた。

「どうかした？」

「えっ――ふえっ!?　な、なんでもないよ……！」

秋人に声をかけられた春奈は、なぜか急に顔を赤く染めてブンブンと首を左右に振った。

誰がどう見てもテンパっており、秋人は心配になってしまう。

「何かあったの？　遠慮せずに言ってくれたらいいよ？」

「な、なんでもない……！　ただ、ボーッとしてただけだから……！」

春奈はそれだけ言うと、埃が立たないように注意しながら、慌てて夏実と冬貴の後を早歩きで追い始める。

いったいなんだったのだろう、と秋人は不思議に思いながら、そんな春奈の後ろ姿を見つめた。

すると、春奈は秋人の視線に気が付いたのか、それともたまたま振り返っただけなのか――秋人と、目がバッチリと合ってしまう。

それにより、再度顔を赤くしながらバッと勢い良く顔を背けた。

(ほんと、どうしたんだろ……？)

春奈の態度が気になり、秋人は不安を抱いてしまう。

「じゃあ、うまくやりなさいよね」

春奈と秋人の様子に気が付いていない夏実は、冬貴たちを席に案内すると、とてもいい笑顔で冬貴に耳打ちをした。

そして、戻る前に冬貴の顔を覗き込んでニコッと笑い、バシッと勢い良く背中を叩く。

背中に走った痛みにより冬貴は眉を顰めるが、夏実はニコニコの笑顔でその場を離れた。

「なんで、冬貴の背中を叩いたんだ？」

春奈のことを目で追っていたため夏実の行動も見ていた秋人は、夏実に叩いた理由を尋ねてみる。

すると、夏実は笑顔で首を左右に振った。

「別に、なんでもないよ」

「……なんだか、ご機嫌だな？」

なんでもないと言いつつも、誰がどう見ても笑顔なので、秋人は腑に落ちず尋ねてしまう。

しかし、夏実はキョトンと不思議そうな表情を浮かべた。

「えっ、そうかな？」

どうやら、本人は無自覚のようだ。

だから、これ以上は聞いても無駄だということが今までの付き合いからわかった秋人は、溜息を吐いて首を左右に振った。

「いや、いい。それよりも、折角来てくれた二人には悪いけど、業務中はあまり雑談しに行かないようにな」

「うん、他のお客様の手前、よくないもんね」

「あぁ、それがわかってるならいいよ。もう少ししたらお店も落ち着くから、そしたら昼休憩に入ろうか」

「わかった。でも、もうおなかペコペコだよ……」

夏実はそう言うと、お腹を押さえて縋るような表情を浮かべる。

朝からずっと働いていて、お客様の人数も多いので未だに夏実と秋人は休憩に入れていないのだ。

「休憩に行ってもいいよって言ったのに、行かなかったのは夏実じゃんか」

お昼時を迎えた時、一度秋人は夏実に昼休憩を促していた。

それに従わなかったのは、夏実だ。

「だって、他のみんなが働いている時に、一人だけお昼に行くのも悪いじゃん……」

「こういう忙しい時は、一人ずつ交代で行ったりするもんなんだよ」

「でも、新人が一番最初はだめでしょ……？」

「いや、寧ろ新人だからこそ——まぁ、いっか。もう終わった話だし」

本当は、慣れていない新人だからこそ早めに休憩に入れたいのだけど、もう終わった話をしたところで意味はない。

そう考えた秋人は、これ以上余計だと思い話すことをやめた。

それよりも、冬貴たちが来てくれたおかげか、夏実の表情から強張りがなくなったことに安堵する。

「さぁ、夏実。休憩までもうひと頑張りしようか」

「うん……！」

この後、夏実は冬貴たちの注文を取りに行き、秋人は他のお客様の対応をしていく。

夏実は緊張が解けているおかげでミスをすることはなく、秋人はホッと胸を撫でおろしていた。

そして冬貴たちが帰った後は、店長の配慮により秋人と夏実は二人して休憩に入った。

——なお、冬貴は帰るまでロクに春奈と話すことができず、夏実から白い目を向けられていた、というのは別の話だ。

◆

「今日はありがとうね、秋人」

まかないを秋人が持ってくると、先に休憩室で休んでいた夏実が笑顔でお礼を言ってきた。

やりきった感があり――そして、安心感を覚えているかのような笑顔に、秋人は思わず息を呑んでしまう。

そして、テーブルの上にまかないを置きながら、ソッポを向いた。

「やりきった感を出しているのはいいけど、まだあるんだからな？」

照れ隠しのように、素っ気ない態度を返す秋人。

それにより、夏実は不服そうに頬を膨らませた。

「わかってるよ、もう……！　バイトで働いている時は優しいのに、こういう時は素っ気ないんだから……！」

夏実はプリプリと怒り、秋人が持ってきたまかないの一つをもらう。

そして食べ始め――ふと、いいことが思い浮かんだ、とでも言わんばかりにニヤッと笑みを浮かべた。

そんな夏実の表情に気が付かず、秋人は夏実の前へと腰を下ろす。

「ねね、秋人」

「ん？　どうした？」

「あ～ん、してあげる」

不思議そうにする秋人の口元へ、夏実はフォークで巻き取ったスパゲッティを持っていく。

夏実の赤く染まった顔は、自信ありげな様子で笑みを浮かべている。

「だ、だから、そういうことはするなって……！」

久しぶりに夏実が迫ってきたので、秋人も顔を真っ赤にして怒ってしまった。

相変わらず、攻められるのには弱いようだ。

「誰も見てないから、いいじゃん」

「そういう問題じゃないだろ……！」

「ほらほら、いいからいいから」

「よくない……！」

グイグイとくる夏実の手を、秋人は体をのけぞりながら躱していく。

食べてくれないので、段々と夏実の機嫌は悪くなっていった。

「今日助けてくれたお礼だって……！」

「誰もこんなお礼は望んでないよ……！」

「いいから、食べてってば……！」

「嫌だ……！」

グイグイとくる夏実に、顔を逸らす秋人。

傍目から見ると、カップルがいちゃついているようにしか見えない状況だが、本人たちはとてもまじめだった。

「――むぅ……」

結局秋人に食べさせることができなかった夏実は、頬を膨らませながらスパゲッティを食べている。

不満げな目を向けてくる夏実に戸惑いながらも、秋人も自分のスパゲッティを食べていた。

そんな中で、さすがに気まずい雰囲気に耐えられなかった秋人が、夏実へと声をかける。

「そ、そういえば、もう夏実は大丈夫そうだな」

「何が？」

「接客だよ。最後ら辺はうまく出来てただろ？　初めてにしては、よかったよ」

「まぁ、うん……」

褒められたことで、夏実は照れたように俯いてしまった。

その表情は、『えへへ』と笑っているかのように緩んでいる。

先程まで怒っていたのに、単純な女の子なのだ。

「あっ、そうだ……！」

「ん？　どうかした？」

何かを思いついたような声を夏実が出したため、秋人は不思議そうに尋ねる。

すると、夏実は照れくさそうにはにかんだ。

「ふふ、ご飯を食べてからのお楽しみかな」

「ふ〜ん……？」

秋人は夏実の態度を不思議に思うけれど、折角機嫌が直っているので、そのまま自由にさせてみることにした。

それからは、スパゲッティを食べ終えた夏実は秋人の分の皿も一緒に洗った後、秋人を休憩室に残して一人部屋を出て行った。

夏実が戻ってきたのは、それから数分が経った頃だ。

「じゃ、じゃ〜ん、ど、どうかな？」

休憩室に戻ってきた夏実は、自身が身に着けている服を見せつけるかのように、両手を広げてクルッと一回転した。

顔は、照れくさそうに赤らんでいる。

「な、夏実、その服は……」

夏実が着ている服を見た秋人は、驚きを隠せない。

そして、視線は完全にその服へと奪われてしまう。

「今なら他に人いないから、アルバイトでフォローをしてもらったお礼に着てみたの」

そう言う夏実が現在着ている服は、店長からもらったメイド服だった。

同級生の中でもかわいい部類に入る夏実には、フリルが付いたかわいらしいデザインのメイド服が良く似合っている。

「そ、そうなんだ……」

夏実のメイド服姿をかわいいと思ってしまった秋人は、何を言ったらいいのかわからなくなってしまう。

そんな秋人の顔を、夏実はニヤニヤと笑みを浮かべながら覗き込んだ。

「ん～？　どうしたの～？　顔、赤いね～？」

秋人が今何を考えているのか、夏実はわかっているのだろう。

意地の悪い笑みだが、今の秋人にはそんな夏実の表情でさえ、魅力的に見えてしまった。

「べ、別に、なんでもないし」

しかし、今までの関係があるため、秋人は素直になれない。

プイッとソッポを向き、夏実から視線を外してしまった。

「むぅ……」

素直に褒めてくれないことに、夏実は不満そうに頬を膨らませる。

そして、秋人が向いているほうへと回り込んだ。

「こっちを、見てよ……！」

夏実は秋人の両頬を手で挟み、逃げられないように顔を固定した。

それにより、秋人は視線をそらせなくなってしまう。

「そ、そこまでするほどか……!?」

「だって、折角着たのに……！」

夏実としては、秋人に喜んでもらい、自分のことを意識してほしいだけだ。

それなのに、秋人が逃げるから拗ねてしまっている。

「素直に感想言わないなら、このまま秋人の足に座るよ……！」

「いや、それはおかしいだろ!?　なんでそんなことするんだよ!?」

「秋人が絶対に逃げられないようにする……！」

顔を赤くして必死な様子の夏実を前にした秋人は、これが冗談じゃないと察した。

今までの行動を踏まえても、ここ最近の夏実なら本当にやりかねない行為だろう。

だから、諦めてゆっくりと口を開いた。


「その……か、かわいいよ……」


まるで消え入るような小さな声。

しかし、秋人と顔が当たりそうなほどに近い距離にいる夏実には、十分聞き取れた。

そして――。

「～～～～っ！」

顔を真っ赤にして、悶えてしまう。

両手で自分の顔を押さえ、椅子に座ってパタパタと足を動かしていた。

スカートなのにそんなことをするものだから、正面に座る秋人にはモロにスカートの中が見えてしまった。

「な、夏実、落ち着けよ……」

秋人が声をかけると、夏実はソッと顔から手を離す。

「い、今のはなし」

「な、何がだ……？」

「何も見なかったことにして……」

どうやら夏実は、悶えている姿を見なかったことにしろ、と言っているようだ。

「ま、まぁ、うん……」

なかったことにしても、どうにもならないのだが——秋人は、余計なツッコミは入れなかった。

「あ、秋人、喉乾いてない……？」

「そ、そういえば、喉乾いたな……」

緊張したことと、揉めたことで、秋人の喉は乾いてしまっていた。

おそらく、夏実も同じなのだろう。

「ドリンク、取ってきてあげる……」

「えっ、でも……ドリンクは、まかないに入ってないぞ……？」

「わ、私の奢り。ちょっと待ってて」

「あっ、ちょっ——い、行ってしまった……」

夏実を呼び止めようとした秋人だったが、夏実は逃げるようにして部屋を出て行ってしまったため、制止する間もなかった。

それにより、秋人は頭を抱えてしまう。

数分経つと、夏実は両手にコップを持って休憩室に入ってきた。

「お、おまたせ……」

「うん、ありがとう……」

秋人は、夏実からコップを受け取り、テーブルの上に置いた。

そして、視線を夏実に戻す。

「なぁ、誰かに会ったか……？」

「えっ？　そりゃあ、店長とか先輩たちに会ったけど……。だって、店長には言わないといけないし、厨房で注いできたから……」

どうしてそんなことを聞くんだろう。

そんなことを思いながら、夏実は首を縦に振った。

「何も言われなかったのか？」

「うん、特に……あれ……？　休憩時間、まだ終わってないよね……？」

秋人が何を言いたいのかわからず、夏実は時計を気にしてしまう。

休憩時間は、まだ十五分ほど残っているようだった。

「何かまずかった……？」

「いや、うん……いいんだ」

秋人は諦めたように、コップに入っている紅茶を飲んだ。

済んでしまったことは、今更何を言ってももう遅い。

ただ、待ってるのは——母親達に弄られる未来だろう。

「な、なんだか、怖いんだけど……」

「いや、うん。とりあえず、今は体を休めておこう。今日初めてなんだから、休める時にはしっかり休んでおいたほうがいい」

秋人は、あくまで誤魔化すことにしたようだ。

そんな秋人の態度を不思議そうに見る夏実だったが、聞いても秋人が嫌がると思い、紅茶にミルクを入れ始めた。

そして、シロップをたっぷりといれ、ご機嫌な様子でストローを吸い始める。

「んっ、おいしい」

甘さ強めのミルクティーを呑んだ夏実は、満足そうに頬を緩める。

メイドのコスプレをした美少女が、満面の笑みを浮かべながらミルクティーを飲む姿は、中々に絵になっていた。

そのため、目の前で見ている秋人は、なんだか役得のような気分になる。

「秋人のほうはおいしい？」

夏実は指でストローを摘まみながら、小首を傾げて秋人を見てきた。

「うん、おいしいよ」

「そっかそっか。それ、私が淹れたんだよね」

夏実はとても嬉しそうに笑みを浮かべる。

褒めてもらえて嬉しかったらしい。

「あれ？　いつの間に紅茶の淹れ方を覚えたんだ？」

秋人はフロアのことしか教えた覚えがなく、夏実が紅茶の淹れ方を知っていることに驚いてしまった。

「さっき、店長が教えてくれたの。ちょうど料理の注文が途絶えたらしくて」

「あの人は……そんな暇があるんなら、ケーキを補充すればいいのに……」

店長はパティシエ経験があり、ケーキを作ることができる。

だから、このお店は秋人の母親が作るケーキを提供していた。

「さすがに、そんなに早くは作れないでしょ……」

「まぁ、いつも朝早くから出勤して作ってるしな。料理できる人とか、コーヒー淹れられる人とかは他にもいるんだから、ケーキ作りに集中したらいいのに……とは思うけど、自分でも料理とかをやりたいらしい」

そのおかげで夕方にケーキ不足になることが時々あるのだけど、母親はその点を改善するつもりはないらしい。

「せめて、後一人ケーキを作れる人がいればいいんだけどな……」

「秋人ってさ、経営者目線で見れて凄いね」

「えっ？」

気が付けば夏実が優しい笑顔で見つめてきており、秋人はキョトンとした表情を浮かべた。

「マニュアル書もそうだけど、高校生なのにお店のことしっかりと考えられてるのが、凄いなぁって思った」

「――っ」

そう夏実に言われた秋人は、顔がとても熱くなる。

バクバクと鼓動する心臓は痛く、そしてうるさかった。

「あっ、そろそろ戻らないと、怒られちゃうね」

休憩時間が残り五分ということに気が付き、夏実は慌ててミルクティーを飲んでしまう。

秋人も、体の熱を下げるかのようにして一気に飲み、席を立った。

「コップは俺のほうで片付けておくよ」

「えっ、いいのに。私のほうで片付けるよ」

秋人が手を差し出すと、逆に夏実が秋人のコップに手を伸ばしてきた。

しかし、秋人はコップを渡さず、困ったように笑みを浮かべた。

「着替えてこなくていいの？」

「えっ……？」

「そのままの格好で出るのは、ちょっとまずいかな」

秋人の言葉を聞いた夏実は、ゆっくりと視線を自分の体へと向ける。

そして、自分が今どういう格好なのかを思い出した。

「わ、私、メイド服のままだった……！」

「そうだね」

「き、着替えてくる……！　悪いけど、コップよろしく……！」

夏実は時間がないというのもあり、顔を真っ赤にしたまま部屋を出ていった。

秋人は困ったように笑い、コップを洗った後は厨房に向かったのだけど——。

「随分と、お楽しみだったようね？」

ニヤニヤとしてご機嫌な様子の店長が待っていたのは、言うまでもないだろう。

◆

「——本当に、今日はありがとうね」

夕方になり、アルバイトを終えた夏実は背伸びをしながら秋人にお礼を言ってきた。

秋人も上がりで、今は二人してお店を出たところだ。

「無事終わってよかったな」

「うん！　休憩後はミスなかったし、私やればできた！」

よほどミスがなくなったことが嬉しかったようで、夏実は嬉しそうに秋人の顔を見上げてくる。

「じゃあ、これからは自信持ってやれるな」

「うん、緊張もしないと思う！　これも全部、秋人のおかげだね！」

「なんで俺のおかげなんだ？」

家を目指して帰りながら、秋人は不思議そうに尋ねる。

すると、夏実は手で髪を耳にかけながら、照れたように頬を赤くして、上目遣いで見つめてきた。

「だって、秋人がフォローをしてくれたおかげじゃん……。私一人だと、午前で帰されてたかもしれないもん……」

「そ、そっか」

夏実が急にしおらしくなるものだから、秋人は頬を指で掻きながら視線を逸らした。

その頬は、ほんのりと赤く染まっている。

「まぁでも、夏実が頑張ったからだと思うよ。それに、愛想よくやってくれたおかげで、お客さんたちにも気に入ってもらえたようだし」

夏実が相手をした主婦たちは、皆笑顔だった。

注文ミスをした時だって、怒っているお客は一人もいない。

夏実が新人で、緊張していることを理解してもらえていたからだ。

しかし、それだけならお客によっては怒られていただろう。

それなのに夏実が怒られなかったのは、愛想よく振る舞うように努めていたおかげだった。

「正直うちの売りは、母さんのケーキや料理、そしてコーヒーとかのドリンクだけじゃなく、店員の愛想の良さなんだ」

「それ、全部が売りって言ってない？」

「まぁ、話は最後まで聞いて」

気になった夏実がツッコミを入れたことで、秋人は困ったように笑いながら話を続ける。

「だから、夏実はちゃんと戦力になってくれたと思うよ。お客さんに愛想よく接して気に入られる子がいてくれるのは、凄く助かるから」

「そ、そっか……」

戦力になったと言われたことで、夏実は更に赤く顔を染めて俯いてしまう。

緩みそうになる頬を全力で我慢するものの、ニヤケは止められないようだ。

それだけ、秋人に褒められたことが嬉しかった。

「あ、秋人もさ、頼りになるよね……」

「なんだよ、急に……」

「うぅん、急じゃないよ。前から思ってたことだし……。秋人って普段は冬貴と馬鹿してるけど、困った時は凄く頼りになると思ってる。私も、春奈ちゃんも、一年生の時何度も助けてもらったし……」

夏実の頭に過るのは、街中でナンパに遭った時のことや、面倒くさい先輩に絡まれた時のことなどだ。

その時はいつも、秋人が助けてくれていた。

だから夏実は、秋人のことを頼りになると思っている。

「別に、困ってたら助けるのが普通だし……」

普段褒められないだけに、夏実から褒められた秋人は居心地悪そうにしていた。

首元に右手を添え、夏実から視線を逸らしている。

「それが出来る人って、実はそういないんだよ？　関わりたくない、とか、怖い、とかで、見て見ぬふりをする人が多いもん。だから、困ってる人がいたら手を差し伸べられる秋人は、素敵だと思うよ」

きっと、激しい緊張から抜けたことで気が抜けていた上に、秋人から褒められたことで口が軽くなっていたのだろう。

秋人のことを褒めていた夏実は、思わぬ失言をしてしまった。

「な、夏実、それって……」

「えっ？　どうしたの？」

顔を赤く染めている秋人が驚いて夏実の顔を見るが、夏実はキョトンとした表情で秋人の顔を見た。

どうやら自分が言ったことに気が付いていないようだ。

だから秋人はそれ以上言えなくなってしまい、モヤモヤとしたものを抱えながら視線を逸らう。

「いや、なんでもない……」

「えぇ……絶対なんかある時の言い方じゃん、それ……」

一年生の時から付き合いがあるだけに、秋人が誤魔化していることが夏実にはわかってしま
してしまう。


だから、不満そうに小さく頬を膨らませて秋人の顔を見上げていた。

「まぁ、気にするなよ。それよりも、今日は駅まで送っていくから」

「えっ、どんな風の吹き回し？」

「別に、今日は春奈ちゃんもいないんだから、送ったほうがいいだろ？」

「でも、まだ夕方だよ？」

暗くなっているのなら秋人が心配して付いてくるのはわかるけれど、まだ太陽も出ているので、夏実は不思議らしい。

秋人は少し困ったように頬を掻き、視線を彷徨わせながら口を開く。

「まぁ、たまにはいいじゃないか……」

「そっか、ありがとう」

駅まで一緒に居られることになり、夏実は嬉しそうにお礼を言った。

それにより、秋人は照れくさそうに視線を逸らす。

「「…………」」

それから駅を目指す二人の間には、沈黙の時間が流れた。

秋人は照れくさくて何も言えなくなっており、夏実は夏実で、秋人が黙り込んだことで中々口を開けずにいた。

だけど、このままではもったいないと思い、夏実はゆっくりと口を開く。

「秋人ってさ、幼馴染みの女の子との思い出がないって言ってたじゃん？」

「いや、思い出がないんじゃなくて、二人だけの思い出がないって感じだぞ？」

「そうだったね。でも、本当にないの？　よく遊んでいたんでしょ？」

夏実は顔色を窺うかのように秋人の顔を見つめてくる。

どうして夏実がこんな質問をしてきたのかわからず、秋人は不思議そうに夏実を見つめた。

しかし、夏実が強い意志を瞳に秘めていたことで、ゆっくりと口を開く。

「正直、思い出がないってわけじゃないんだ。凄く強い思い出が、一つある」

「そ、それは何……!?」

秋人が自分のことを思い出す手掛かりになるかもしれない。

そう思った夏実は思わず喰いついてしまった。

「な、なんでそんなにがっつくんだよ……」

当然、夏実がどうしてこんな態度になるかわからない秋人は、怪訝な様子で夏実を見る。

「あっ……いや、別に……」

夏実は内心（しまった……）と思いつつも、髪を指で弄りながら誤魔化した。

「………」

秋人は気まずそうな夏実のことを見つめる。

しかし、夏実は何も言わないので、仕方なさそうに口を開いた。

「幼馴染みの女の子が引っ越していく日のことが、今でも鮮明に頭に残ってるんだよ」

「あっ……」

困ったように笑う秋人の言葉を聞いた夏実は、息を呑んでしまう。

「信じられないかもしれないけど、その子俺と離れたくないって大泣きしてたんだ。だけど、幼かった時の俺は何もしてあげられなくて――凄く悔しかったのを、今でも覚えているよ」

「そう、だったんだ……」

「だからかもしれないな、周りにいる人にはずっと笑っていてほしいと思うのは」

「それで、イベントごとを盛り上げようとしたり、困ってる人に手を差し伸べてあげてるんだね」

夏実は優しい笑顔で秋人の顔を見つめる。

すると、秋人はバツが悪そうにまた視線を逸らした。

「まぁやりすぎて先生に怒られること多いし、困ってる人を助けられてるかって聞かれると怪しいけどな」

「でも、みんな楽しんでるし、実際秋人に助けられている人たちはいるよ」

「……なんだか、今日はヤケに優しいな？」

「そう……？」

顔を赤らめていた夏実は、不思議そうに首を傾げる。

今まで夏実がここまで秋人を直接褒めたことはないのだけど、本人には自覚がないようだ。

「それよりもさ……もし、その幼馴染みが再び秋人の前に現れたら、どうするの……？」

「それは……どうだろうな？」

「付き合いたいと思わないの……？」

「もう十年くらい会ってないからな……。向こうだって気持ちは変わってるだろうし、どんな子になってるかわからないのに、気安くそんなことは言えないよ。それに――」

秋人は言葉を止め、夏実のことを見つめる。

「どうしたの？」

「別に……」

「な、何よそれ……！　そんな切られ方したら、気になるじゃん……！」

プイッとソッポを向いた秋人に対し、夏実は不満そうに喰ってかかる。

だけど、秋人は口を割らなかった。

「まぁでも……仲良くはしたいと思うよ」

「ふ〜ん、そうなんだ……」

秋人が隠しごとをしたことは気になったけれど、また仲良くしたいと言われて夏実は満更でもない笑みを浮かべた。

「まぁ、向こうはまだ秋人のことを好きな可能性は十分にあるからね。仲良くしてあげたほうがいいと思うよ」

「はは、さすがに好きでいることはないだろ」

「え〜、わからないよ？　凄く好きだったら、離れている間もずっと想い続けてる可能性は十分にあるよ？」

「はは、そんな漫画みたいなことあるわけないだろ？」

「あるよ」

「夏実……？」

先程まで笑っていた夏実が真剣な表情を浮かべたので、秋人は戸惑ってしまう。

「どれだけ離れていようと、いつかその人の元に戻りたいと思うほどに想い続けることは、あるんだよ。女の子のこと、あんまり甘く見ないでよ」

「えっと、ごめん……」

夏実が怒っているんじゃないか。

そう思った秋人は、戸惑いながら謝った。

「ふふ、もしその子が戻ってきたら、秋人告白されちゃうかもね」

先程まで真剣な表情だった夏実は、まるで別人かと思うように明るく振る舞いながら秋人から離れた。

「駅、着いちゃったね。送ってくれてありがとう」

そう言う夏実は、笑顔で秋人に手を振る。

「あ、あぁ……気を付けて」

秋人は戸惑いながらも、夏実に手を振り返した。

だけど、夏実は駅に入って行こうとしない。

「どうした……？」

「折角送ってもらったから、秋人を見送ろうかと思って」

「でも、電車が来るかもしれないぞ？」

岡山は電車の本数が少なく、秋人たちの地域では大体三十分に一本しか電車がこない。

だから乗り過ごすと、三十分のロスになってしまうため、秋人はそのことを心配した。

「大丈夫、ちゃんと事前に電車の時間は調べてるから。まだ十分くらい時間があるよ」

「そっか、じゃあ俺は行くよ」

本当は電車が来るギリギリまで残ることも考えたのだけど、夏実がそれを望んでいないと思い、秋人は踵を返した。

そんな秋人の後ろ姿を、夏実は寂しそうに見つめて口を開く。

「ねぇ、秋人……その女の子は、とっくに君の元に帰ってきてるし、今もずっと変わらず君のことを想い続けてるんだよ……君が、気が付いていないだけで」

# 第五章　「女友達と通じる想い」

「――ねぇ、秋人。今日はさ、二人だけで食べない……？」

翌日の昼休み、人差し指を合わせてモジモジとする夏実が急にそんなことを言ってきた。

秋人に直接言っている言葉ではあるが、周りには春奈と冬貴をはじめとしたクラスメイトたちもおり、皆驚いて夏実を見つめている。

「どうして二人きりなんだ……？」

二人きりということを意識した秋人は、熱くなる顔を我慢しながら夏実に理由を尋ねた。

なお、昨日夏実がメイド服でからかってきたことが頭をよぎり、若干警戒もしている。

夏実は手で髪を耳にかけながら、恥ずかしそうに頬を染めて口を開く。

「その……相談、したいことがあって……」

「相談……？　他の人がいるところじゃできないこと……？」

「まぁ、そんなところ……」

相談と言われてしまうと、断るのは渋られる。

だけど、ここで二人だけ抜けることも躊躇ってしまった秋人は、困ったように冬貴を見た。

「夏実がこんなこと言うのは初めてだろ？　今日は二人きりで食べてやれよ」

折角夏実が勇気を出したので、無駄にならないよう冬貴は後押しした。

それにより、秋人も決断する。

「わかった、それじゃあ夏実とご飯食べてくるよ」

「あ、ありがとう……！」

秋人が頷いたことで、夏実はパァッと表情を輝かせてお礼を言った。

それを見ていた女子たちは、よくやった、と言わんばかりに小さく拍手する。

「お、俺たちは別々で食べようか？」

秋人たちが抜けるということで、春奈と二人残されることになる冬貴は、そう春奈に声をかけた。

春奈は夏実たちを見つめていたのだけど、困ったように笑いながら頷こうとする。

しかし——パシンッと、夏実が冬貴の背中を叩いた。

「いってぇ！　な、何するんだよ……！」

よほど痛かったのか、顔を赤くして涙目で冬貴は夏実を見る。

すると、夏実はジト目で冬貴の顔を見据えた。

「冬貴さ、いつまで逃げてるの？　ここで春奈ちゃん逃がして、他の男子に声かけられたらどうするわけ？」

夏実は他の人間には聞こえないよう、声を抑えて冬貴に耳打ちをした。

春奈は男子から大人気の女の子だ。

いつもは春夏秋冬グループで固まっているから声をかけられないが、春奈がフリーになった今では声をかけられるかもしれない。

夏実はそう言いたいのだ。

「い、いや、さすがに女子の中に混ざるだろ……？」

春奈の性格をよく知る冬貴は、戸惑いながらも否定をする。

「わからないわよ？　春奈ちゃん、強引な男子には押し切られるかも」

「女子がそうさせないだろ……？」

春奈はクラスの女子たちにとって、妹的立ち位置にある。

だから、男子が強引に迫れば、女子たちが守ると冬貴は考えているようだ。

「そうやって、一緒に食べない理由を探してるようだったら、いつになっても振り向いてもらえないわよ……？」

いろいろと理由を付けた夏実だったが、これでは冬貴が覚悟を決めないとわかると、直接的な言葉を用いて説得に移った。

「こ、こんな急には無理だろ……」

「二人きりになるチャンスなんて、そうそうないわよ？」

「どうやって誘えって言うんだよ……。こんなみんなが見てる中でさ……」

どうやら、冬貴は全然覚悟が決まらないようだ。

夏実もお節介を焼いている自覚はあったけれど、このままでは一生冬貴が春奈とくっつくことはないと思った。

だから、強引な手段に移る。

「春奈ちゃん、ごめんね！　冬貴がさ、一人で食べるのは寂しいって言うから、一緒に食べてあげてくれない？」

「ちょっ、おい⁉」

いきなりとんでもないことを言われ、冬貴は焦ってしまう。

しかし――。

「う、うん、いいよ」

春奈は、意外とあっさり了承した。

「え、い、いいの……？」

春奈が嫌がると思っていた冬貴は、戸惑いながら尋ねる。

すると、春奈は小さく頷いた。

そして、隣にいる夏実は呆れた表情を浮かべている。

「いつも一緒に食べてるんだから、嫌がるわけないでしょ……」

「いや、だけど……二人きりだし……」

「あのね、春奈ちゃんは優しくて寛大なの。あんたの被害妄想なんて、当てはまらない相手なんだからね？」

「そ、そっか……」

戸惑いながらも、冬貴は嬉しそうに頷く。

春奈と二人きりで食べられることが嬉しいようだ。

「うぅん……？」

そんな光景を見ていた秋人は、腕を組みながら首を傾げていた。

さすがに鈍感な秋人でも、今のやりとりは思うところがあったようだ。

「秋人、場所移そ」

冬貴と春奈をまとめることができた夏実は、ご機嫌な様子で秋人の元に戻ってきた。

「どうしたの？」

「あっ、いや……そうだ、俺今日母さんがお弁当作ってくれなかったから、パン買いに行かないといけないんだった」

夏実に対して秋人は首を左右に振って誤魔化し、困ったように笑った。

「あっ、それなんだけど……実は、秋人のお弁当も作ってきてる」

夏実は顔を赤らめながら、鞄から二つのお弁当箱を取り出す。

その様子を見ていたクラスメイトたちはざわつくが、一番驚いているのは秋人だった。

「な、夏実、お弁当作れたのか……!?」

「なんで驚くのよ!?　怒るわよ!?」

あまりにも秋人が驚愕しているため、夏実は顔を真っ赤にして怒ってしまう。

だけど、不器用な夏実がお弁当を作ってきたことに驚いているのは、冬貴や春奈も同じだった。

「だ、だって、いつも購買で弁当を買ってきてただろ……？」

「わ、私だって、本気を出せば料理くらいできるのよ……！　と、とりあえず、行こ……！」

夏実は怒りながらも秋人の手を引っ張ってきた。

周りに注目されているため、早くこの場を去りたいのだろう。

「わ、わかった……。じゃあ、行ってくるよ」

秋人は冬貴と春奈にそう告げ、引っ張られるように教室を出ていった。

そして二人は屋上に上がり、日陰となっている場所に腰をかける。

「はい、秋人」

「ありがとう」

秋人はお弁当箱を受け取り、内心喜んでいた。

それもそのはず。

秋人にとって、女子の手作り弁当は初めてなのだから。

しかし――。

「…………」

お弁当箱を開けた秋人は、言葉を失った。

(あれ……？　これ、大丈夫だよな……？)

お弁当箱の彩りは悪くないが、入っているおかずの大きさはバラバラで、形も歪なものばかりだった。

漫画でよく見る真っ黒なおかずほどではないにしても、料理が苦手なキャラがいかにも作りそうなものになっており、秋人は不安になってくる。

試しに、若干崩れている卵焼きを箸でつまんでみる。

そして、食べてみると――。

（あ、味薄……。それに、パサパサだ……）

決してまずくはない。

だけど、お世辞にもおいしいとは言えない味だった。

「ど、どうかな……？　おいしい……？」

モグモグと噛んでいると、夏実が不安そうに見つめてくる。

おいしくできた自信がないのだろう。

秋人は素直に答えたほうがいいのか悩むが、ふと夏実の指に絆創膏が貼られていることに気が付く。

それも、複数の指に貼られている。

（そういえば、今日やけに手を隠していたな……。そっか、そういうことなのか……）

「うん、おいしいよ」

秋人は優しい表情を浮かべ、そう答えた。

夏実はパァッと嬉しそうに表情を輝かせて口を開く。

「ほ、ほんと!?」

「うん、本当だよ。凄いな、ちゃんと料理できてる」

「えへへ……私だって、やればできるんだから」

夏実は嬉しそうに笑みを浮かべて秋人の顔を見てくる。

そんな夏実のことを、秋人はかわいいと思ってしまった。

だけど——。

「じゃあ、私も食べよっと」

「あっ……」

「…………」

気分を良くした夏実は自分も同じようにお弁当を食べたのだけど、箸を口に入れて固まってしまった。

現在食べているのは、卵焼きだ。

そう、秋人と同じ卵焼き。

夏実の舌が特別な味覚をしているわけではないので、抱いた感想は秋人と同じだろう。

まるでギシギシと音が聞こえそうな動きで、夏実はゆっくりと秋人を見た。

「これ、おいしかった……？」

「…………」

尋ねられた秋人は、気まずそうに視線を逸らす。

それだけで、夏実にはわかってしまった。

「ご、ごめん……！　お弁当返して……！　代わりの買ってくるから……！」

こんなものは食べさせられない。

そう思った夏実は、秋人から弁当箱を取ろうとする。

しかし――。

「いや、せっかくだし食べさせてもらうよ」

秋人は、夏実の手を優しく掴んで首を左右に振った。

「で、でも……！」

「夏実が作ってくれたものだから、食べたい。駄目かな？」

「あっ……で、でも、おいしくないよ……？」

「別にまずいってわけじゃないから、いいじゃん」

秋人はそう言って、今度はからあげを口に入れた。

固く舌触りも良くないものだったけれど、味付けがまずいというわけではない。

だから、気にせず食べていった。

「秋人のばか……」

夏実はそう悪態をつくが、その頬は赤く染まっている。

そして、秋人と同じように食べ始めた。

二人は黙ってお弁当を食べ進め、お弁当の中身が残らないよう綺麗に食べ切った。

すると――。

「………」

先に食べ終えて、夏実が食べ終えるのを待っていた秋人は、いつの間にか眠たそうにウトウトとしていた。

「昨日夜更かししたの？」

「ん……？　あぁ……ちょっと……店の注文方法とかいろいろと見直してたら、気が付いたら朝だった……」

夏実が何回もミスしたのには、店のやり方にも問題がある可能性を考え、秋人はその検討をしていた。

おかげで寝不足になっており、ポカポカとした温かい気温と、満腹感により眠たくなったようだ。

「寝ていていいよ？」

「いや、でも、相談があるんだろ……？」

元々ここに来たのは、夏実が相談したいことがあると言ったからだ。

しかし――。

「ごめんね、それ……ただ、秋人にお弁当を食べてもらいたかっただけなの。だから、相談ごとなんてないんだよ」

「えっ、なんで？」

「その……昨日、バイトで助けてもらったから……そのお礼がしたくて……。だから、店長にもお願いしたの……」

夏実は恥ずかしそうに頬を染め、人差し指を合わせてモジモジとする。

そんな夏実を秋人は見つめ、照れくさくなった。

「それで、今日はお弁当がなかったのか……。でも、お礼なんか別によかったのに……」

「うぅん、私がしたかったの。まぁ、お礼どころか、辛い目に遭わせちゃったけど……」

自分の料理が想像以上においしくなかったため、夏実は悲しそうに遠い目をする。

本当は味見などをして作れたらよかったのだが、不慣れなことをしたせいで朝の時間がやばかったのだ。

だから、味見もせずに仕上げてしまい、このような悲しい結末を迎えてしまった。

「いや、お弁当は嬉しかったから、気にしなくていいよ……」

秋人は眠気と戦いながら、そう夏実のことを慰める。

しかし、首はコクリコクリと上下に動いており、目も半開きになっていた。

どう見ても限界そうだ。

「相談ごとはないんだし、お昼休みの間寝ちゃったらいいんじゃないかな？　ほら、時間がきたら起こしてあげるし」

「うぅん……でもなぁ……」

「いいからいいから。今日もバイトなんでしょ？　寝不足でバイトして、ミスしたら店長に怒られるよ？」

店長は従業員に優しいけれど、秋人にだけは厳しい。

寝不足でミスを犯そうものなら、激怒されるだろう。

「まぁ、そうだな……。じゃあ、少しだけ……」

秋人は弁当箱を置くと、目を閉じる。

そして、座ったまま眠り始めた。

「…………」

夏実は音を立てないように注意しながら、まずは周りを見てみる。

幸いなことに、今この場には夏実と秋人しかいない。

次に、秋人の顔に耳を近付けた。

聞こえてくるのは、小さな寝息。

秋人が寝ていることを確信すると、夏実はゆっくりと秋人の体に手を持っていった。

「慎重に……慎重に……」

夏実はゆっくりと秋人の体を倒し始める。

間違っても勢いよく倒れないよう、本当に慎重にだ。

そして——。

「んっ……髪がくすぐったい……」

秋人の頭は、夏実の太ももに着地した。

「えへへ……これ、ずっとしたかったんだよね……」

膝枕は、恋人ができた時に夏実がやりたかったことの一つだ。

しかし、恋人でもない秋人に言っても絶対にやらせてくれない。

だから寝ている今、実行したのだ。

もし秋人が目を覚ましたとしても、座ったままはしんどそうだから寝かせた、という言い訳もできる。

夏実は思わぬチャンスが到来したことで、喜びを隠せなかった。

「無防備に寝ちゃって……襲っちゃうぞぉ？」

あまりにも嬉しすぎて、そんな馬鹿げた冗談も言ってしまう。

調子に乗って頬をツンツンとすると、秋人がしかっめ面をしたので、慌てて手を離す。

そしてまた穏やかな寝息に戻ると、ゆっくりと優しく頭を撫で始めた。

「やばい、どうしよう……これ、幸せすぎるよ……」

言いようのない幸福に満ち、夏実は時間が止まればいいのにと思った。

そのまま丁寧に頭を撫で続け、時間はゆっくりと流れる。

やがて、終わりの時間を迎えた。

「――あっ、もうすぐチャイム鳴っちゃう……。うぅ……もっとこうしていたいのに……」

折角の幸福な時間が終わりそうになり、夏実は悲しそうに表情を曇らせた。

せめて、何か思い出にしておきたい。

そう思った夏実は、スマホで今の自分たちを写真に収めた。

「えへへ……これ、待ち受けにしちゃおうかな？」

秋人に膝枕をしている状態で、しかも秋人の寝顔を撮れているというのがあり、夏実はこの写真を宝物にしようと思った。

そして、起こさないといけないので、秋人のことを起こし始める。

しかし――。

「だから……後五分……」

秋人は起きなかった。

「もう、起きないと授業に遅れちゃうよ……！」

夏実は優しく秋人の頬を叩く。

だけど、やはり秋人は目を覚まさなかった。

「よ、よ～し、このまま起きないんだったら、頬にキスしちゃうよ……？　いいの……？」

全然起きないため、夏実は顔を赤くしながら、からかい混じりに秋人の耳元で囁いた。

しかし、それでも秋人は目を覚まさない。

それどころか、無反応だった。

「……へぇ、そう。そっちがその気なら、やってあげようじゃない」

キスをすると言って無反応だったことがショックだった夏実は、こめかみをピクピクさせながら秋人を見下ろす。

そして、秋人の頬にゆっくりと自分の口を近付けた。

「これ、ファーストキス、なんだからね……ちゅっ」

頬に触れた、しっとりとした感触——それにより、秋人は身を強張らせた。

というのも、キスという単語にしっかりと反応して目を覚ましていたのだが、単純にあまりの言葉に動揺して身動きがとれていなかっただけなのだ。

それを夏実は無反応だと勘違いして、実行してしまった。

現在、秋人の頭の中はパニック状態だった。

キーンコーンカーンコーン♪

キーンコーンカーンコーン♪

「やばっ、予鈴！　秋人、起きて！　ねぇ、起きてってば！」

予鈴が鳴ったことで、夏実はバシバシと秋人の頬を叩く。

すると、秋人の体がムクッと起き上がった。

「起きた」

「よかった……！　ほら、早く行かないと授業に遅れちゃう！」

夏実は二人分の弁当箱を持ち、秋人の手を引っ張る。

秋人は何も言わず、そのまま夏実の後を付いていくが——その後、秋人が夏実と顔を合わすことは一度もなかった。

◆

「――おかしい……」

次の日の昼休み――冬貴と春奈を前にして夏実は、不服そうな表情を浮かべていた。

「どうしたの？」

春奈は首を傾げながら夏実に声をかける。

「秋人の様子がおかしい。なんか、ずっと避けられてる気がするの」

「それは、まぁ……」

夏実の言葉を受け、冬貴は困ったように視線を逸らす。

昨日の午後から今日の午前までの秋人と夏実を見ていて、冬貴も同じ印象を抱いたようだ。

今だって、秋人は珍しくも食堂に行っている。

「何か思い当たることはないの？」

「わかんない……。あっ！　もしかしたら、昨日のお弁当が……！」

「お弁当？」

「えっと……」

夏実は気まずそうに春奈を見る。

そして、人差し指を合わせて言いづらそうにしながら、俯いてしまった。

「その……お弁当、おいしくないの食べさせちゃって……」

「「……………」」

「も、もちろん、無理矢理食べさせたわけじゃないよ!? ただ……無理して食べてくれてたから、それがやっぱり嫌で怒ってるのかも……」

言葉を失った冬貴たちを見て弁解をした夏実だが、おいしくない弁当を食べさせた事実は変わらないので、それが原因ではないかと考えてしまう。

だけど、冬貴は呆れたように溜息を吐いた。

「無理矢理食べさせたならまずいと思ったけど、秋人が自分で食べたなら、それは関係ないだろ？ あいつは、自分で決めたことに対してぐちぐち言ったりはしないぞ？ なぁ、春奈ちゃん？」

「う、うん。夏実ちゃんの考えすぎだと思う……」

冬貴に話を振られ、春奈もコクコクと頷いた。

春奈からしても、秋人がそんなことを考えるようには思えないようだ。

「じゃあ、なんでだろ……？」

「他に思い当たる節はないのか？」

「他に？ でも、後は秋人寝てたから――あっ」

秋人が寝ていたことを思い返していた夏実だが、ふと引っ掛かりを覚える。

最後に秋人を起こした時、秋人はやけにあっさりと起きた上に、夏実に膝枕をされていたことに関していっさい触れなかった。

授業に遅れそうだったからあまり気にしなかったが、普段の秋人なら絶対に慌てていたと思われる。

そのため、夏実の中に一つの疑念が生まれた。

「まさか、あの時起きてたんじゃ……」

「あの時？」

「あっ！　い、いや、なんでもないよ……！」

春奈が首を傾げると、夏実は慌てて両手を顔の前で振った。

その顔は赤く染まっており、冬貴と春奈は絶対に何か夏実がやったんだと思った。

「今更隠すことなのか？」

散々目の前でアタックしているところを見てきた冬貴は、呆れたように尋ねる。

みんなの前であーんをするなどの恥ずかしいことをしていたのだから、隠すようなものでもないと思っているのだろう。

しかし、夏実は顔を赤くしたまま目を逸らしてしまった。

それにより、二人は夏実がいったい何をしたのか気になってしまう。

「いったい、何をしたんだ？」

「ななな、なんでもない……！」

夏実はブンブンと首を左右に振り、なんでもないとアピールする。

だけど、誰がどう見ても何かありそうだった。

「じゃあ、秋人に聞こうかな？」

「そんなの駄目に決まってるでしょ……！　何、冬貴は私をいじめて楽しいの!?」

「そこまで切羽詰まるって、本当に何したんだよ……」

明らかに夏実の様子がおかしいので、冬貴はジト目を向ける。

春奈は夏実の擁護をするかどうか考えるが、とりあえず何をしたのか気になっているので、黙ってことの成り行きを見届けることにした。

「ほ、本当に何もしてないから……！」

「じゃあ、なんでそんなに慌ててるんだ？」

「冬貴が変な詮索をしてくるから……！」

「ふ～ん？」

「な、何よ、その目は……！」

冬貴が訝しむように目を細めると、夏実は数歩後ずさった。

だけど、何かを思いついたかのように、ニヤッと笑みを浮かべる。

「冬貴、あまり調子に乗るんじゃないわよ？」

「な、なんだよ？」

「こっちには、それ相応の切り札があることを忘れないように」

そう言う夏実は、視線を春奈へと移す。

それにより、春奈はキョトンとした表情で首を傾げるが、冬貴は慌て始めた。

「お、お前、それはせこいっていうか、そっちがその気ならこっちも切り札を切るぞ!?」

夏実の言う切り札が何かわかった冬貴は、同じように自分も切り札があると主張する。

しかし、今の夏実には効かなかった。

「ふふ、もうこっちは手遅れかもしれないのよ……！」

「お前、本当にいったい何を……!?」

「うるさい、もう放っておいてよ……！」

夏実はそれだけ言うと、涙目で教室を出て行った。

「いったい、何があったんだろうね……？」

夏実が出ていったドアを見つめながら、春奈は首を傾げる。

二人と幼馴染みである冬貴も想像がつかず、結局冬貴たちは結論を出せないのだった。

◆

「あ、秋人……」

「な、何？」

「えっと、今日アルバイト……」

「ごめん、俺今日用事あってさ、休みもらってるんだ。夏実のことは他の子がフォローしてくれることになってるから、安心してバイト行きなよ」

放課後になって夏実から声をかけられた秋人は、困ったように笑みを作り、そう答えた。

しかし、その視線は夏実とは全然違う方向を向いている。

「そ、そっか……」

夏実は悲しそうに目を伏せ、鞄を持つ手は震えていた。

「い、嫌だったよね、ごめん……」

「えっ？」

「あっ、うぅん！　なんでもない！　じゃあ、バイト行ってくるね！」

秋人が振り返ると、夏実は慌てて首を左右に振り、逃げるように教室を出て行った。

その光景を見ていたクラスメイトの女子たちは、責めるように秋人に視線を向ける。

そんな針の筵のような状況になっている秋人に、一人の男子が近付いた。

「夏実と、何かあったのか？」

そう声をかけたのは、いつも秋人と一緒にいる冬貴だ。

「別に、なんでもない」

秋人は突き放すかのように、素っ気ない態度を返す。

「聞いてくるなってことか。そんなあからさまな態度を取られると、気になるんだけど？」

「だから、別になんでもないって」

「じゃあ、なんで夏実を避けるんだ？　喧嘩でもしたのか？」

「しつこいなぁ……。喧嘩なんかするかよ……」

喰い下がってくる冬貴に対して、秋人は嫌そうな表情を浮かべる。

それにより、残っていたクラスメイトたちは息を呑んだ。

秋人たちは今まで、冗談半分でよく喧嘩をすることはあっても、本気で喧嘩をしたことはほとんどない。

クラスメイトたちからすれば、見たことがないだろう。

そんな二人の間に、明らかに不穏な空気が流れているのだから、皆固唾を飲んで見守っていた。

そんな中――。

「喧嘩は、だめだよ……？」

クラスで一番を競うくらいにおとなしい春奈が、仲裁に入った。

「い、いや、あの、春奈ちゃん？　俺たちは喧嘩してないよ……？」

春奈に嫌われたくない冬貴は、取り繕うように笑みを浮かべて否定をする。

しかし、春奈は首を左右に振った。

「問い詰めるの、よくない。特に、高圧的なのはだめ」

「うっ……ご、ごめん……」

春奈に指摘をされ、自覚している冬貴は頭を下げた。

すると、今度は秋人に春奈は視線を向ける。

「そういえば、もうすぐ期末テストがあるよね？」

「えっ？　う、うん、そうだね」

「秋人君、お勉強ちゃんとやってる？」

「うっ……」

テストのことを持ち出され、毎回赤点ギリギリの秋人は言葉を詰まらせる。

「赤点取って補習になると、夏休み減っちゃうよ？」

「そ、それは、わかってるけど……」

秋人は困ったように視線を冬貴へと向ける。

すると、春奈も何かを言いたげな目で冬貴を見てきた。

それにより、どうして急に春奈がテストの話を始めたのか、冬貴は理解した。

「いつも通り勉強を教えたらいいんだろ？」

「悪いな……」

先程まで険悪な雰囲気だっただけに、秋人はバツが悪そうにする。

そんな秋人を見て、冬貴は仕方なさそうに息を吐いた。

「いいさ、いつものことだ。それよりも、一つ提案があるんだけど」

「なんだ？」

「どうせ春奈ちゃんも夏実に教えることになるんだから、今回合同でやらないか？」

「はぁ!?」

冬貴からの思わぬ提案に、秋人は素っ頓狂な声を出してしまう。

しかし、春奈は笑顔で頷いた。

「うん、私はそのほうがいいと思う」

「は、春奈ちゃんまでなんで……？」

「考えてみろよ、秋人。俺と春奈ちゃんは、お前と夏実に勉強を教えていることで、その分勉強時間が減ってるんだぞ？」

「あっ……」

「だから、お前たち二人に同時に俺か春奈ちゃんのどちらかが教えることで、空いたもう一人は勉強の時間を作ろうって話だ。一年生の時と違って、もう受験のこともしっかりと考えないといけない時期だからな」

そういう建前を作ることで、冬貴と春奈は秋人の逃げ道を無くした。

他人に迷惑をかけることを気にする秋人は、ただでさえテスト勉強を教えてもらうことに負い目を感じていたのに、こんな言い方をされてしまえば拒否権などない。

「わかったよ……」

なるべく夏実と顔を合わせたくなかった秋人だが、仕方なく頷いた。

そして、冬貴に肩を組む。

「乗せられてやるから、ちょっと帰り道相談に乗ってくれ」

このまま勉強会を迎えても、夏実と気まずい雰囲気になるだけ。

それをわかっているからこそ、秋人は冬貴に相談することにしたようだ。

「わかった。春奈ちゃん、俺たち今回別で帰るね」

いつもは一緒に帰る春夏秋冬グループなのだけど、既に夏実がいないため、ここで別々になるのは問題なかった。

「うん、そうだね。私、テスト勉強に関して夏実ちゃんに電話しとくよ」

「お願いするね。それじゃあ、秋人帰ろうぜ」

冬貴は秋人の背中を押し、教室を出ようとする。

秋人が春奈に手を振ると、春奈は照れくさそうにはにかんだ笑顔で手を振り返してきた。

それにより、冬貴は納得いかないような不服そうな表情を浮かべてしまう。

「どうした？」

「別に……」

声をかけたらソッポを向かれてしまったので、秋人は不思議そうにするのだった。

◆

「それで、いったいどうしたんだ？」

秋人の相談内容について想像がついている冬貴は、早速切り出した。

すると、秋人は照れたように頬を掻いて口を開く。

「あのさ……女子からキスされたら、それって好意を持たれてるってことだよな……？」

「んん!?」

想像の斜め上の言葉が秋人から出てきて、冬貴は驚いて秋人の顔をガン見してしまう。

「あっ！　一応言っておくけど……口ではなくて、頬なんだが……」

「いや、場所とか関係ないだろ!?」

補足をした秋人に対して、冬貴は思わずツッコんでしまう。

「だ、だよなぁ……海外じゃないもんな……」

海外では挨拶代わりに頬にキスをしたりするが、日本でそのようなことをする人はそうそういない。

だから、唇でなくとも、好意があるからこそ行われたものだろう。

「まさか、そんなことがあったとは……。そりゃあ、中々言い出せないわけだ……」

「だろ……？　正直、未だにあれは夢だったんじゃないかって思うからな……。直前まで寝ていたわけだし……」

現実で付き合ってもいない女子から頬にキスをされることなど、滅多にありえないだろう。

寧ろ、夢だったと言われたほうが納得できることだ。

しかし――夏実の反応を見る限り、現実で起きたことだと冬貴にはわかってしまう。

「それで、その後は何も話していない感じなのか？」

「あぁ。それどころか、キスをされた時は咄嗟に寝たフリをしたんだ」

「なるほどね……まぁ、向こうが寝ていると思ってやってることなら、起きてたとは言えないよな」

「だろ……？」

「でも、夏実は秋人が起きていたんじゃないかって考えていると思うぞ？」

「な、なんでだよ……？」

「秋人があからさまに避けるからだろ？　それで理由を探したら、思い当たることなんて限られるじゃないか」

「そっか……俺のほうから夏実を避けてたから、変化とか気付かなかった……」

恥ずかしさと、どんな顔をして話したらいいのかがわからず、現在夏実を避けてしまっている。

しかし、自分のせいで夏実が苦しんでいるのではないかと思い、胸がとても痛んだ。

「それで、秋人は嬉しかったのか？」

「えっ？」

「いや、『えっ？』じゃなくてさ……初めて女子からされたんだろ？　しかも、普段から凄く仲良くしている女子からだ。秋人はどういうふうに感じたんだよ？」

「それは……」

冬貴からの質問に、秋人は言葉を詰まらせてしまう。

そして、視線を冬貴から外し――顔を赤くしながら、口元を手で隠して口を開いた。

「嬉しかったに、決まってるだろ……」

「…………」

もしかしたら――。

そのくらいの、小さな可能性に期待をして質問した冬貴だったが、秋人の答えは想像を超えていた。

どうやら、秋人は既に夏実のことを意識してしまっているようだ。

「じゃあ、逃げずにちゃんと向き合わないといけないいな」

「わかってるよ……」

そう、わかってはいる。

しかし、夏実を前にするとどうしても恥ずかしさが勝ってしまって、素直になれないのだ。

「次の勉強会がチャンスだろ？　そこで答えをちゃんと出してやれよ」

「いや、告白をされたわけじゃないし……そもそも、夏実がこない可能性だって十分にあるだろ？」

「こないわけがないだろ……」

秋人の言葉を聞いた冬貴は、呆れた表情を浮かべてしまう。

まるで、『何言ってんだ、こいつ……』とでも言わんばかりの表情だ。

「絶対に来るのか……？」

「来る。だから、秋人はそれに向けて準備しておけよ。もちろん、心の準備を含めてだ」

確信を抱いている冬貴を前にした秋人は、足を止めて目を閉じる。

そして、深呼吸をした。

「そうだよな……このままだと嫌だし、ちゃんと向き合わないといけないよな」

こうして、秋人は勉強会で夏実と向き合うことを決意した。

それから数日後の土曜日——。

「お、お邪魔します……」

お洒落をした夏実は、緊張した面もちで秋人の家を訪れていた。

「あ、あぁ、母さんは喫茶店行ってるから遠慮なく上がってくれ」

秋人も夏実と同じように緊張した様子で夏実を中に入れる。

「は、春奈ちゃんたちは……？」

「ちょっと前に来たから、もう上がってもらっているよ」

現在時刻は十八時手前だ。

朝から塾があった冬貴と春奈はそのまま秋人の家に向かったため、夏実と別行動になっていた。

二人は無言で階段を上がっていき、秋人の部屋へと辿り着く。

中では教科書を広げていた春奈と冬貴が待ち構えていた。

「それじゃあ、数学と現国どっちをやる？」

冬貴は理系が特に得意で、逆に春奈は文系が得意だ。

だから、選ぶほうによって先に教えてくれる人間が変わる。

「も、もうやるの……？　着いたばかりだし、少し休憩を——」

「そんなこと言ってたら、全然やらないだろ？」

「うぐっ……」

勉強から目を背けようとした夏実の逃げ道を、冬貴はあっさりと封じてしまう。

夏実は仕方なく春奈の隣に腰かけた。

「冬貴鬼畜そうだから、天使のように優しい春奈ちゃんに全て教えてもらいたい」

「ほぉ？　普段の鬱憤を返す意味でも、一から十まで全て俺が教えてやってもいいぞ？」

「くっ、この男は……！　こういう時だけ活き活きとしちゃって……！」

額に怒りマークを作りながら笑みを浮かべる冬貴に対し、夏実は嫌そうな表情を浮かべた。

そんな夏実の隣で春奈は、『あはは……』と乾いた笑みを浮かべる。

しかし、冬貴たちに何かを言うのではなく、秋人に視線を向けた。

「数学は頭を使っちゃってしんどいから、後にする？　疲れた後だと、現代国語が頭に入ってこないかも……」

どうやら、数学で疲労を抱えた後に現代国語を勉強するのは、効率が悪いと考えたようだ。

「でも、現代国語を勉強した後に数学をするのも、きつくないかな？　漢字や文法を覚えた後に、二人が集中して数学をやれるとは思えないんだけど……」

春奈の言葉に冬貴は反応し、そう意見をぶつけてきた。

それにより、春奈は秋人と夏実の顔を見て――。

「うぅん……どっちを先にやっても、変わらなさそうだね……？」

困ったように笑った。

「春奈ちゃんが夏実に教える時は、いつもどうしてるの？」

春奈、夏実コンビが普段どのようにテスト勉強をしていたか知らない秋人は、そう尋ねてみる。

すると、春奈は困ったように笑った。

「夏実ちゃんの集中力を見ながら、反応がいい教科をその時その時でやってたかなぁ。嫌そうな教科は後回しにしないと、集中力続かないみたいだし……」

「夏実、どんだけ春奈ちゃんに負担かけてたんだ……？」

柔らかくオブラートに包んで説明した春奈の言葉を聞き、秋人は物言いたげな目を夏実に向けた。

「だ、だって、勉強苦手なんだから仕方ないでしょ……！」

恥ずかしかったのか、夏実は顔を赤くして言い訳をした。

しかし――。

「いや、そんなこと言う秋人も集中力は全然続かないだろ……？」

普段テスト勉強時は手を焼かされている冬貴が、そう苦言を言ってきた。

秋人はギクッと体を震わせ、試しに夏実を見てみる。

すると、夏実は物言いたげな目を秋人に向けてきた。

「秋人だって同じなんじゃん……！」

「だ、だけど、普段俺のほうが夏実より成績いいからな？」

「総合点ほとんど変わらないでしょ……！」

夏実と秋人の成績はどんぐりの背比べのようにほとんど変わらない。

ただ、いつもほんの少しだけ、秋人が勝っているのだ。

「――いつも通りに戻った、かなぁ？」

夏実と秋人が言い合いを始めた頃、春奈は二人から離れて冬貴に声をかけた。

冬貴はドキッとして顔をほんのりと赤く染めるが、何事もなかったかのようにクールな様子を見せて口を開く。

「ど、どうだろうね？　今はなんだか、無理してはしゃいでいるようにも見えるし」

「そっかぁ、早く仲良しに戻るといいね」

「そうだね……」

春奈の言葉に頷く冬貴ではあったが、二人の仲が戻った場合、春奈はどうするのだろうかと思った。

むしろ春奈にとっては、二人が変な雰囲気になっている今がチャンスだろう。

それなのに何かを仕掛けるどころか、夏実と秋人を仲直りさせようと率先して動いている。

とても優しくていい子ではあるが、そのせいで損をしていることに冬貴は胸が痛んだ。

しかし、ここで春奈に余計なことを言って、春奈が心変わりしても困る。

どうしようもない状況に、冬貴はやきもきしてしまった。

「二人とも、そろそろ勉強を始めないと、時間がなくなっちゃうよ？」

休日とはいえ、既に夕暮れ前の時間なので、あまり勉強する時間は残されていない。

だから、言い合いをする二人の間に春奈は入っていった。

「とりあえず、次のテストで決着させよう……！」

何やらまだテストの点数で言い合いをしていたらしく、秋人はそう夏実に提案する。

「い、いいわよ。今度こそ、秋人を跪かせてやるんだから……！」

夏実は夏実で何やら燃えており、二人は次のテストで勝負することにしたようだ。

「勝負するんだったら、まずは平均点を取ろうか？」

そんな二人に対し、冬貴は笑顔で首を傾げた。

二人はいつも赤点ギリギリなので、勝負するくらいならまともな点を取れ、と言いたいようだ。

「くっ……自分がいつも春奈ちゃんとトップ争いしてるからって、偉そうに……」

夏実はなぜか悔しそうに冬貴を見る。

夏実にとって冬貴は若干子分的立ち位置にいるので、マウントを取られるのが悔しいのだろう。

すると、冬貴が笑顔で口を開いた。

「みっちりしごいてやろうか？」

「遠慮しとく……！」

しごかれるのは困る夏実は、即行で答えた。

それにより冬貴は呆れたように溜息を吐いて、クッションに座る。

「とりあえず、夏実の集中力が続きそうなほうから先にやろう」

冬貴のその提案によって夏実は現国を選んだので、秋人と夏実は先に春奈に勉強を教えてもらうのだった。

◆

「――じゃあ、一旦この辺で休憩しよっか？」

一時間半ほどが経つと、春奈が笑顔でそう言ってきた。

「つ、疲れた……」

「もう、今日はこれで終わりでいいと思う……」

秋人と夏実は、二人してテーブルに倒れ込んだ。

集中して勉強に取り組んでいたので、気力を使い果たしてしまったようだ。

「いや、たった一時間半でなに音《ね》をあげてるんだよ……。この後は、数学をみっちりやるからな？」

既に気力のない二人を見て、冬貴は呆れたように溜息を吐いた。

「冬貴の鬼畜～。こんな状態じゃ頭に入らないわよ～」

「そうだそうだ～。もう今日は終わりでいいぞ～」

「こういう時ばかり結託をするなよ……。赤点を取ったら困るのは、秋人たちだぞ？」

「うぐっ……毎回思うけど、そういう言い方は卑怯じゃないか……？」

夏休みに補習などまっぴらごめんな秋人は、嫌そうに体を起こした。

それに合わせて、夏実も体を起こす。

「こうでも言わないと、やる気出さないだろ……。とりあえず、疲れた頭でやっても効率悪いし、しっかり休憩を取ろう」

そう言う冬貴は、なぜか部屋から出て行こうとする。

「あれ、どこに行こうとしてるんだ？」

「ちょっとコンビニでも行ってくるよ。は、春奈ちゃんも一緒に行かない？」

冬貴は秋人の質問に答えた後、若干上ずった声で春奈を誘った。

春奈は少し驚いた様子を見せるが、秋人と夏実を見て何かを思ったらしく、コクコクと一生懸命に頷いた。

それにより冬貴はホッとするのだが、秋人も立ち上がってしまう。

「お、俺も行くよ。気分転換に外に出たい」

何やら若干慌てている秋人だが、実はこのまま残るとまずいことに、そうそうに気が付いたのだ。

このままでは、夏実と二人きりになってしまう。

だから、秋人は二人について行こうとした。

しかし――。

「あ、秋人は疲れてるんだろ？　ゆっくり休んどけって」

「う、うん。休憩しておかないと、勉強が頭に入らないよ？」

冬貴と春奈が否定的な態度を見せたので、付いて行くことができなくなってしまった。

二人は秋人が何かを言う前に、そそくさと部屋を出てしまう。

それにより取り残された秋人は、困ったように夏実を見た。

すると、夏実が居心地悪そうにソワソワとしていることに気が付く。

「ど、どうした？」

「う、うぅん、別に何もないよ……」

夏実は自身の髪を弄り、秋人と目を合わそうとしない。

二人きりになっていることを、夏実も意識しているようだ。

秋人は腰を下ろすが、どうしようか悩んでしまう。

コンビニということは、冬貴たちが戻ってくるまで大して時間はかからない。

だから、気まずい雰囲気を我慢して時間が流れるのを待つべきなのか、それとも二人きりになったことをチャンスと見て、気まずい雰囲気を振り払うのか――。

（考えるまでもない、よな……）

ここで問題を先送りにした場合、夏休みにも影響してしまう。

そして、アルバイトでは夏実をフォローしないといけない立場のため、悠長にしている余裕もなかった。

だから、秋人は覚悟を決める。

「夏実」

「な、何……？」

急に名前を呼ばれ、夏実は戸惑いながら秋人の顔を見る。

「大切な話があるんだ」

「え、えっと……あっ、やっぱり私も春奈ちゃんたちについて――」

「待って」

逃げるように部屋を出ようとした夏実の手を、秋人は優しく掴んだ。

それにより、夏実は諦めたように腰を下ろす。

「えっと、屋上でのことなんだけど……」

「――っ」

秋人が数日前の昼休みについて話題にすると、夏実は息を呑んで身を固くしてしまった。

「実はあの時、俺目が覚めてて――」

「――ご、ごめん……！」

秋人が照れくさそうに話していると、夏実は絶望したかのように顔色を青ざめて頭を下げてきた。

それにより、秋人は戸惑ったように夏実を見つめる。

「な、夏実……？」

「い、嫌だったよね……！　本当にごめん……！」

「あ、あの夏実……？」

「わ、私、つい出来心で……！　寝てるからバレないだろうって、やっちゃったの……！　ほんと気持ち悪かったよね……！　ごめん……！」

夏実はいっぱいいっぱいになっているようで、秋人の言葉が聞こえていないらしい。

捲くし立てるように謝り、顔を上げようとはしなかった。

だから、秋人は――。

「別に、気持ち悪いなんて思ってないから……！」

夏実の両頬を手で挟み、自分のほうを向かせてそう言った。

「ほ、ほんと……？」

夏実は涙目で秋人の目を見つめる。

そんな夏実に対し、秋人は力強く頷いた。

「本当だよ！　むしろ、逆に――う、嬉しかったんだからな！」

「――っ!?」

秋人が顔を真っ赤にしながら思っていることを伝えると、夏実も秋人と同じようにブワッと顔を真っ赤に染めた。

目は大きく開かれており、信じられないとでも言いたげな表情を浮かべている。

「夏実にキスされて、嫌って思うわけないだろ……！」

「そ、それって……」

「だ、だから、嬉しかったんだって……！」

夏実が聞きたそうにしているので、秋人は恥ずかしそうにしながらももう一度同じ言葉を伝えた。

それにより、夏実は秋人から離れて自身の両手で顔を押さえ、嬉しそうに身悶え始める。

「〜〜〜〜っ。そ、そうなんだ……」

「う、うん……」

「「…………」」

二人は気恥ずかしくなってしまい、黙り込んでしまう。

沈黙を破ったのは、秋人のほうだった。

「その……夏実って、俺のことが好きってことでいいのか……？」

「そ、それは……」

時間が経って熱が引き始めた夏実の顔は、カァーッとまた赤くなってしまう。

そして髪を手で弄りながら目を逸らし、居心地悪そうにしている。

そんな夏実を見た秋人は、夏実の顔を真剣な表情で見つめた。

「ごめん、先に聞くのは卑怯だったな。俺は、夏実のことが好きだよ」

「――――っ!?」

「だから、夏実の気持ちを聞かせてほしい」

「えっ!?　えっ!?　えぇえええええ!?」

突然秋人から告白をされた夏実は、驚きで大声をあげてしまう。

そんな夏実を、秋人は顔を真っ赤にしながらもジッと見つめた。

「ほ、本当に……!?　私に気を遣ったりしてない……!?」

秋人から告白をされると思っていなかった夏実は、喰いつくように確認をしてきた。

「う、うん、当たり前だよ」

「あ、後から、冗談とか、嘘だったとか言ってももう遅いよ!?」

「う、うん、嘘じゃないから大丈夫」

夏実に迫られ、秋人はコクコクと頷いた。

それにより、夏実はパァッと表情を輝かせる。

「い、いつから!?　いったいいつから私のこと好きだったの!?」

「そ、それは……うん、わからない……」

「えぇ!?　何それ!?」

わからないと言われ、夏実はショックそうな表情を浮かべる。

それを見た秋人は、慌てて口を開いた。

「い、いや、昔からかわいいとは思ってたんだよ……！　ただ、気になるって感じで、好きだったわけじゃなくて――気が付いたら、好きになってたんだ……！　多分、更に意識するようになったのは、夏実がバイトを始めてからだと思う……！」

バイトをするようになってから、学校では見ない夏実の一面を見るようになり、更に魅力的に見えていた。

それともう一つ、秋人は恥ずかしくて言葉にしなかったが、夏実がグイグイと積極的に迫ってくるようになったのも大きい。

「そ、そっか……えへへ……」

夏実はとても嬉しそうに笑みを浮かべる。

そして、ソッと秋人の腕に抱き着いてきた。

「な、夏実……？」

「い、いいでしょ、これくらい。か、彼女なんだし……」

恥ずかしそうに顔を赤らめながら、夏実はそう言って秋人の肩に頭を置いた。

しかし――。

「返事、何も聞いてないんだけど……」

夏実に気持ちを聞いたのに、夏実はまだ答えていない。

だから、秋人は困ったように笑みを浮かべてしまった。

「あっ……」

指摘をされてから、夏実もやっとそのことに気が付く。

告白をされた衝撃で舞い上がっていたようだ。

「わ、私も、秋人のこと……好き、だよ……？」

夏実は恥ずかしそうに体をモジモジと擦り合わせ、上目遣いで答えた。

それにより、秋人は思わずゴクッと唾を飲んでしまう。

「じゃあ、俺たち両想いで、付き合うってことでいいんだよな……？」

「う、うん、もちろんだよ……。むしろ、ここで恋人じゃないって言われたほうが困る……」

秋人の言葉に対して、夏実は小さく頷く。

顔は真っ赤に染まったままで、とても恥ずかしそうだ。

「じゃ、じゃあ、よろしく……」

「う、うん……」

「「…………」」

付き合うことになり気恥ずかしくなったせいで、数分前と同じように二人は黙り込んでしまう。

沈黙の時間だけど、不思議と居心地は悪くないようだ。

しかし、このまま黙っているのも良くないと思い、秋人は口を開いた。

「な、なぁ？」

「な、何……？」

「恋人って、何するんだろ……？」

「そ、それは……キス、とかでしょ……？　わかってるくせに……」

まるで無知を装う秋人に対して、夏実は不満そうな色を見せる。

「キス、か……」

秋人は思わず、夏実の唇に視線を向けてしまう。

すると、夏実はバッと勢いよく離れた。

「ま、待った待った！　さすがに付き合って初日は早いよ……！」

秋人がキスをしたがっている。

そう勘違いした夏実は、顔を真っ赤にしながらブンブンと首を左右に振った。

両手は、唇を隠すように口元を押さえている。

「い、いや、勘違いするなよ⁉　誰も今しようとは思ってないからな⁉」

「ま、まぁ、それならいいけど……」

夏実は納得したように、秋人の隣に戻ってくる。

そして再度腕に抱き着いて、頭を秋人の肩に乗せてきた。

どうやら、これを気に入っているらしい。

秋人は照れくさい感情に襲われながらも、夏実のことをかわいいと思った。

夏実はまるで猫みたいに、スリスリと頬を擦り付けてきている。

「うん、そういうのはゆっくりでもいいかな……。ほら、一緒に居るだけでも幸せだし……」

「そ、そうだね……。でも、まさか秋人がそんなくさいこと言うなんて……」

「う、うるさいな。俺だってたまにはこういうことを言うんだよ」

照れくさそうに笑う夏実に対して、秋人は苦笑いを浮かべてしまう。

「ふふ、なんだか照れくさい……」

「同じく……てか、冬貴たち遅いな……？」

コンビニに行くだけなら、そろそろ戻って来てもいいくらいには時間が経っている。

それなのに冬貴たちは一向に帰ってくる気配がなかった。

「レジが混んでるのかな……？」

「いや、田舎のコンビニなんてそうは混まないぞ？」

「そうだね……まぁ、まだ戻ってこないなら……」

そこで言葉を止め、夏実は期待するような目を秋人に向ける。

キスは駄目と言われているので、夏実が何を求めているのか、秋人は真剣に考えてみた。

しかし、鈍感な男である秋人は、答えを出すことができない。

だから、夏実は諦めて自分から秋人の胸に飛び込んだ。

「彼女になったんだから……ちゃんと甘やかしてよ……」

夏実は拗ねた声でそう言い、物欲しそうな目で秋人の顔を見上げる。

「な、何をしたらいい……？」

「と、とりあえず、頭を撫でる、とか……？」

言われるがまま、秋人は頭を撫でてみる。

すると、夏実は『えへへ……』とだらしない笑みを浮かべた。

撫でられるのが好きなようだ。

秋人はそんな夏実のことをやっぱりかわいいと思いながら、優しく撫でていく。

頭なでなでは、五分間ほど続いた。

「――ねぇ、それで、大切な話があるんだけど……」

撫でられている間に秋人の股の間に座り、背中を秋人の胸に預けていた夏実は、上目遣いで秋人の顔を見上げてきた。

「そう切り出されると怖いな……」

秋人は少しだけ緊張しながら夏実を見つめる。

夏実は手で自分の髪を耳にかけながら、照れたように口を開いた。

「その、さ……何か思い出さない……？」

「えっ……？」

「ほ、ほら、昔した約束、とか……」

「や、約束……？」

夏実にそう切り出された秋人は、慌てて過去の記憶を探る。

しかし、果たしていなかった約束の心当たりがない。

(やばっ……俺、夏実と何か約束してたっけ!?　全然思い出せないんだけど!?)

付き合ったばかりなのに、約束一つ覚えていないのはまずいと思い、秋人は内心とても焦ってしまう。

夏実はそんな秋人の顔をジィーッと見つめた。

さすがにまずいと思った秋人は、申し訳なさそうに口を開く。

「そ、その……ごめん、覚えてない……」

「むぅ……」

秋人が覚えてないと言うと、夏実は凄く不満そうに頬を膨らませた。

よほど大切な約束だったのかもしれない、と思い秋人はもう一度記憶を探るが、それでもやっぱり思い出せなかった。

「あの、ごめん……教えてもらえると助かる……」

思い出せない以上、知っている本人から教えてもらうしかない。

そう思った秋人はお願いしたのだけど――夏実は、首を左右に振った。

「駄目、自分で思い出して」

どうやら、秋人に思い出してもらいたいらしい。

「そこは意地にならないで頂けると……」

「とってもとってもたい～せつな、約束だったから、秋人に思い出してもらいたいなぁ？」

わざとらしく、かなり強調をする言い方をされ、秋人はそれ以上何も言えなくなった。

そこまで大切な約束を忘れるとは思えなかった秋人だが、夏実がこう言っている以上、是が非でも思い出さないといけないと思う。

そんなことを考えていると――。

「お、思い出すまで、キスとか、その……えっち、させてあげないんだから……」

夏実はとても恥ずかしそうに顔を真っ赤に染めながら、口元を両手で押さえてそう言ってきた。

「ヒ、ヒントは……!?」

大胆なことを言ってきた夏実だが、秋人は本当に思い出さないとまずい、と思った。

「ふ、冬貴?」

「なんでそこで冬貴なんだ!? あっ、あいつに聞けってこと!?」

冬貴の名前が出た理由がわからなかったが、冬貴に聞けばわかるんだと秋人は捉えた。

しかし、夏実は慌てて首を左右に振ってしまう。

「ち、ちがっ――冬貴の存在がヒント……! 冬貴に聞いたりするのは反則……!」

「な、なんでそこまで……?」

「秋人に思い出してもらいたいの……!」

どうしてここまで夏実が必死なのか秋人にはわからないが、反則と言われてしまった以上仕方ないだろう。

冬貴なら夏実にわからないようにうまく教えてくれそうな気はするが、それでは彼女の想いを裏切ってしまうことになるので、秋人は自分で思い出すことにした。

（とはいえ……冬貴の存在がヒントだって言われても……全然わからないんだけど……）

どうすれば思い出せるのか、秋人は再び頭を悩ませた。

「これって……思い出すまで、デートもなし……？」

全然思い出せる気がしない秋人は、どこまでが駄目なのか気になり、夏実に聞いてみる。

すると夏実は、両手の人差し指を合わせ、顔を赤くしながらモジモジとし始めた。

「そ、それは、あり……というか、デートしてくれなきゃ、拗ねる……」

どうやら、デートはオーケーなようだ。

「拗ねるんだ？」

「当たり前……」

聞き返してきた秋人に対して、夏実は恥ずかしそうに無愛想な態度を取る。

そんな夏実のことがかわいすぎて、秋人は優しく頭を撫で始めた。

それにより夏実は気持ち良さそうに目を細め、再び体を秋人へと預けてくる。

どうやら、頭なでなでもオーケーのようだ。

「…………」

少し思うところがあった秋人は、夏実の頭から段々と下に手をスライドさせていく。

「あっ――んっ……こ、こら……くすぐったい……」

耳から頬にかけて撫でられた夏実は、言葉通りくすぐったそうに身をよじる。

だけど秋人の手は止まらず、今度は首筋を優しく撫でた。

「ふぁっ……！」

夏実は首が敏感なのか、変な声を上げて体を跳ねさせてしまう。

そして、顔を真っ赤に染め、恥ずかしそうに涙目で秋人の顔を睨んだ。

「あ、秋人……！」

「うん、ちょっとだけ意地悪しようと思ったけど……これ、止まれそうにないから、ここでやめておく……」

一方的に禁止事項を突き付けられたことに対して意趣返しをしてみた秋人だったが、夏実が色っぽすぎてタガが外れそうになったので、この辺でやめることにした。

「そ、そういうのも、思い出すまで禁止だから……！」

夏実は太ももをスリスリと擦り合わせながら、そう秋人に告げた。

「頭は？」

「そ、それは、あり……」

だけど、それでも頭なでなではやってもらいたいらしく、恥ずかしそうに頷いた。

「じゃあ、今はこれだけ……」

「あっ、んっ……」

秋人が頭に手を置くと、夏実は嬉しそうに目を細めた。

そして、再度体を秋人に預けてくる。

二人は、それから少しの間二人きりの時間を楽しむのだった。

（それにしても……冬貴たち、遅いな……）

――と、そんな疑問を抱きながら。

◆

「――夏実ちゃん、よかったね……」

現在、秋人の部屋のドアの前にいた春奈は、両手で顔を押さえながら夏実のことを祝っていた。

その隣には、なんとも言えない表情の冬貴が立っている。

冬貴たちは最初からコンビニには行っておらず、ずっとドアの前で中の様子を窺っていたのだ。

正直、秋人が突然告白を始めたとはいえ、止めるチャンスは何度もあった。

それでも春奈が止めに入らなかったのは、親友である夏実のことを優先したからだ。

両の目から涙を流す春奈を見た冬貴は、今度は自分が頑張って春奈を幸せにしよう、と決意したのだった。

《了》

# あとがき

まず初めに、『「幼馴染みがほしい」と呟いたらよく一緒に遊ぶ女友達の様子が変になったんだが』略して『おさ変』一巻をお手に取って頂き、ありがとうございます。

今作は『小説家になろう』というWebサイトで連載している作品を、書籍化して頂いたものになります。

こうして書籍という形で皆様にお届けできたことをとても嬉しく思っています。

担当編集者さん、黒兎先生を始めとした、書籍化する際に携わって頂いた皆様、ご助力頂き本当にありがとうございます。

お忙しい中ご対応頂いた担当編集さんには、感謝をしてもしきれません。

こんなにも早い刊行になったのは、日々遅くまで対応を頂いた担当編集さんのおかげです。

また、黒兎先生には、イメージしていた以上の素晴らしいイラストを描いて頂き、とても感謝をしております。

キャラデザを見た時は夏実や春奈ちゃんの可愛さに胸を打たれ、表紙絵を見た時は夏実の可愛さが存分に発揮されていて凄いと思いました。

その上、口絵で夏実と春奈がとても可愛いのですが、挿絵のクオリティも高すぎて、正直見た時に驚きが隠せませんでした。

あとがきを読んでくださっている皆様は既に見られたと思うのですが、本当に夏実や春奈ちゃんの可愛さが際立っていましたよね。

本当に、とても素敵なイラストをありがとうございます。

ちなみにですが、ＳＮＳで公開された夏実のキャラデザにあるように、夏実はルーズソックスを履いています。

これは、令和になってルーズソックスブームが女子校生の間で再来しているとニュースで見たのと、個人的に凄く好きなので我が儘を言わせて頂きました。（笑）

さて、本作に少し触れさせて頂こうと思うのですが、今作は『幼馴染み』を題材にしております。

幼馴染み好きな方や、幼馴染みがほしいと思った方に楽しんでもらえるように書きました。

そして、個人的に負けヒロインが好きなので、負けヒロイン要素も入れております。

Ｗｅｂ版では一巻の内容で終わっていますが、秋人と夏実の関係は始まったばかりですし、春奈ちゃんもまだ報われていないので、二巻も出せたらいいなぁっと思っております。

是非、『おさ変』を気に入って頂けましたら、ＳＮＳやお友達に布教をして頂けますと幸いです。

それでは再度になりますが、本当に『おさ変』一巻をお手に取って頂き、ありがとうございました！

二巻でも皆様にお会いできることを祈っております！

ネコクロ

唯一無二の最強テイマー
～国の全てのギルドで門前払いされたから、他国に行ってスローライフします～
原作：赤金武蔵　漫画：田村紘一
キャラクター原案：LLLthika
異世界還りのおっさんは
終末世界で無双する
原作：羽々音色　漫画：ダンタガワ
処刑された聖女は
死霊となって舞い戻る
原作：緒二葉　漫画：蚊
キャラクター原案：みなせなぎ

雷帝と呼ばれた最強冒険者、
魔術学院に入学して
一切の遠慮なく無双する
原作：五月蒼　漫画：こばしがわ
キャラクター原案：マニャ子
モブ高生の俺でも
冒険者になれば
リア充になれますか？
原作：百均　漫画：さぎやまれん
キャラクター原案：hai
魔物を狩るなと言われた
最強ハンター、
料理ギルドに転職する
原作：延野正行　漫画：奥村浅葱
キャラクター原案：だぶ竜
COMIC
NOVA
ノヴァ
話題の作品
続々連載開始!!

BRAVENOVEL
ブレイブ文庫

# 「幼馴染みがほしい」と呟いたらよく一緒に遊ぶ女友達の様子が変になったんだが 1

2022年11月25日　初版第一刷発行

著　者　ネコクロ

発行人　山崎 篤

発行・発売　株式会社一二三書房
〒101-0003 東京都千代田区一ツ橋2-4-3
光文恒産ビル
03-3265-1881

印刷所　中央精版印刷株式会社

■作品の感想、ファンレターをお待ちしております。

■本書の不良・交換については、メールにてご連絡ください。
株式会社一二三書房　カスタマー担当
メールアドレス：store@hifumi.co.jp

■古書店で本書を購入されている場合はお取替えできません。



■価格はカバーに表示されています。

■本書は小説投稿サイト「小説家になろう」（https：//syosetu.com/）に掲載された作品を加筆修正し書籍化したものです。



ISBN 978-4-89199-893-6 C0193